Une femme de son temps

Conception graphique
Elodie Cavel

Typographies
Roman Grotesque de Bureau Brut
Lyon Text de Commercial Type

Photo de couverture

Composition et mise en pages
Nord Compo

18 rue Barbès,
92128 Montrouge Cedex
ISBN : 978-2-227-501096
Dépôt légal : octobre 2023

Joséphine Lebard

Une femme de son temps

bayard récits

« Car tous les dîners sont préparés ;
les assiettes et les tasses lavées,
les enfants envoyés à l'école et partis
aux quatre coins du monde.
Rien ne reste de tout cela.
Tout a disparu, tout est effacé.
Ni la biographie ni l'Histoire
n'ont un mot à dire de ces choses.
Et les romans, sans le vouloir,
mentent inévitablement.
Toutes ces vies infiniment obscures,
il reste à les enregistrer... »

Virginia Woolf,
Une chambre à soi

Le repos

Je ne crois pas que tu aies choisi le lieu où tu reposerais. Tu avais une telle angoisse de la mort que cela m'étonnerait que tu aies évoqué le sujet avant ta disparition. Pas devant moi, en tous les cas.

En revanche, tu avais fait savoir que tu ne souhaitais pas être incinérée. Et que tu craignais d'être enterrée vivante. Tu avais d'ailleurs parlé de ces petits interrupteurs dont certaines sociétés de pompes funèbres équipaient les cercueils aux États-Unis. Au cas où le mort ne l'était effectivement pas, il lui suffisait d'appuyer sur une sonnette reliée à la maison du gardien du cimetière.

Quand tu avais mentionné cette innovation technologique, j'avais repensé au prélude opus 3 numéro deux pour piano de Rachmaninov. Je l'avais entendu enfant. On m'avait alors expliqué qu'il évoquait le réveil d'un homme enterré prématurément dans sa tombe. Le morceau commence par trois notes frappées à la tonalité funèbre et solennelle. La main droite prend le relais avec une ligne mélodique plus légère, comme si elle racontait le retour aux sens du personnage qui ne se rend pas encore compte de l'endroit où il se trouve. Une fois passée cette phase de réveil, le tempo s'accélère et la musique reproduit l'affolement des ongles de l'homme griffant le couvercle du cercueil pour tenter de fuir. Puis le morceau s'apaise : l'enterré vivant est mort, faute d'oxygène. Ayant en tête la forte impression que m'avait faite cette pièce à l'époque, je m'étais alors dit que ton idée n'était pas si saugrenue que ça.

Si tu avais réfléchi au lieu de ta sépulture, aurais-tu choisi le cimetière de Villemomble ? Posé à côté d'une nationale très passante, il est surplombé par une colline. Celle-ci n'a malheureusement rien de bucolique. Il y trône un Buffalo Grill, invisible depuis le cimetière, mais où nous allions quelquefois ensemble quand j'étais adolescente. J'imagine que c'était pour faire plaisir à tes petits-enfants parce que je pense que ni la fameuse « salade de bienvenue » ni la « diligence des desserts » ne devaient être particulièrement ta tasse de thé. Je t'aurais mieux vue au cimetière de V., en Normandie, là où vous possédiez une maison. Accolé à l'église, il abrite un nombre restreint de tombes quasiment en lisière des champs. Petits, en Robin des Bois des défunts, une de nos occupations estivales avec nos cousins consistait à piquer les fleurs des sépultures les mieux fournies pour en garnir celles qui en étaient dépourvues. Je crois me souvenir que des habitants s'étaient aperçus de notre souci d'équité florale, s'en étaient émus.

Tu nous avais donc demandé de calmer nos ardeurs de justiciers des stèles funéraires.

Le cimetière de Villemomble, lui, est tout ce qu'il y a de plus minéral. Des allées goudronnées bordent des tombes en granit, en pierre ou en marbre. Quelques arbrisseaux plantés ici et là ne permettent pas d' échapper au soleil qui, quand il fait beau, tape sur les crânes. Au milieu de cet alignement de tombes blanches, grises ou noires autour desquelles serpente le bitume, ta sépulture constitue presque une incongruité. En lieu de la plaque de marbre sur laquelle on dispose habituellement les plantes, un jardinet a été creusé. Tu reposes sous les œillets poètes, les touffes de thym, un rosier, de la verveine qui se balancent dans le vent. Tu aimais les fleurs plus que tout au monde. Quand je me rends là-bas, je ne peux me défaire d'un sentiment de fierté un peu idiot : ma grand-mère a la plus belle tombe du cimetière.

Le jour de ton enterrement, je n'ai pas assisté à l'inhumation. Le Covid limitait le nombre de personnes présentes et j'ai volontiers cédé ma place. Je garde de trop mauvais souvenirs de ces moments : un grand-oncle pour lequel le trou creusé est trop petit et dont le cercueil cogne ridiculement contre la terre quand on essaie de le descendre. Celui de mon grand-père, éventré par le temps et que j'aperçois au moment d'enterrer mon autre grand-mère. La vision du bois pourri qui ramène à la décrépitude des corps. Et toujours, ce vertige qui me prend quand je regarde ce trou, au moment de déposer une rose ou de jeter une poignée de terre, comme s'il allait m'aspirer, que j'allais irrésistiblement tomber dedans... C'est le problème quand on vient d'une famille traditionnelle où l'incinération ne fait pas partie des mœurs. Quoique je ne sois pas sûre que le moment de la crémation soit beaucoup plus enviable...

Quelques mois après ton décès, ton nom n'a pas encore été gravé sur la sépulture. En revanche, le marbrier a pris le temps d'apposer son étiquette sur l'angle de la pierre, publicité bien visible et exaspérante. C'est classique, m'a affirmé l'une des paysagistes qui ont conçu ton jardin. Elle s'est quand même étonnée que l'autocollant ait été fixé sur le devant de la pierre tombale et non pas, plus discrètement, sur le côté, comme c'est apparemment l'usage. Comme si tu étais une femme sandwich pour ses services. J'ai bien tenté de l'enlever, mais il est trop épais pour que j'arrive à le décoller juste avec mes ongles rongés.

Tu n'as pas encore de nom sur ta sépulture, mais les fleurs te racontent déjà un peu.

Je prends leur suite.

La distance

Tu as longtemps été une grand-mère du dimanche. Nous allions déjeuner chez toi ou bien tu venais chez nous. On te disait bonjour à l'apéritif et on décampait. Basta. Tu ne te battais pas pour nous garder. Tu ne nous as jamais emmenés au zoo. Ni au théâtre. Je n'ai pas le souvenir d'une séance de cinéma à tes côtés étant enfant. Tu ne nous prenais pas en vacances. Ah si. Une fois. Papé et toi nous aviez emmenés en Bretagne et vous nous aviez aussitôt larguées, ma sœur et moi, au club Mickey pour tous les après-midis. L'expérience m'avait laissé un goût incertain. D'un côté, j'étais suffisamment grande pour me rappeler la phrase de ma mère : ce sont les feignants qui mettent leurs enfants au Club Mickey, pour s'en débarrasser. De l'autre, j'étais ravie de revenir, chaque fin d'après-midi, avec des kyrielles de babioles — frisbee, autocollants, magazines — remportées lors des concours de châteaux de sable ou courses de relais. N'empêche, entre toi et ma grand-mère paternelle, le contraste était frappant. À ma gauche, toi qu'on passionnait modérément, me semble-t-il. À ma droite, Mémé qui portait fièrement son petit sobriquet désuet, fleurant bon les aïeules aux blouses à fleurs et cheveux bleutés. Le pire c'est que, étant l'aînée de ses petits-enfants, c'est sans doute moi qui ai dû l'en affubler... Alors que toi, tu avais toi-même choisi la façon dont tes petits-enfants te désigneraient.

Mais retour à Mémé.

Mémé, toujours opérationnelle pour récupérer un enfant angineux, varicellé, grippé déposé en pyjama comme un colis postal chez elle dans le matin brouillardeux par les parents avant qu'ils ne foncent travailler.

Je n'ai pas le souvenir que les parents t'aient jamais sollicitée pour nous prendre chez toi en convalescence.

Mémé dont le placard n'était jamais à court de Nutella bi-goût, de langues de chat et le frigo toujours plein de viennois au chocolat (deux par repas autorisés, l'orgie).

Chez toi, il y a de la nourriture pour adultes. Les gâteaux n'affichent pas les petits personnages criards que nous affectionnons comme l'ours Prosper ou Pépito, avec son grand sombrero. Il y a écrit Albert Ménès ou Fauchon sur la boîte : ce sont des gâteaux à rien, à la consistance sableuse. Ils sont faits pour un thé avec tes amies, pas pour un goûter d'enfant.

Mémé qui, même quand nous sommes devenus ados, disposait un pot de chambre au pied de notre lit parce qu'elle craignait qu'on tombe dans les escaliers en nous rendant la nuit aux toilettes.

Je me souviens encore d'une de mes rares nuits passées chez toi. Je suis toute seule, au deuxième étage et les multiples craquements de la maison me font mourir de trouille. Alors je me concentre sur les petits moutons qui ornent le drap.

Mémé, reine de la vente par correspondance qui commandait pour nous dans le catalogue La Redoute, chez Yves Rocher ou au Club Dial. Il nous suffisait de cocher ou de mettre des post-it aux endroits idoines.

Tu nous offres des chemisiers Laura Ashley aux cols sophistiqués qui nous donnent des airs d'héritier de la couronne anglaise. Ou des robes à smocks qui nous font froncer du nez. Tu nous tricotes des chandails que tout le monde trouve magnifiques, mais nous, on remarque surtout que la vraie laine — pas le synthétique — ça gratte.

Mémé et ses rayonnages de cassettes vidéos dont la recension était faite dans un petit cahier dont chaque page était séparée en deux (rang de devant / rang de derrière), de sorte qu'on retrouvait facilement les cassettes. Avec qui nous visionnions inlassablement les mêmes films sans qu'elle se plaigne jamais en sirotant une tisane framboise/pamplemousse de l'Éléphant.

Nous regardons la K7 vidéo du dessin animé « Dans les Alpes avec Annette » parce que tu l'adores. Sinon, nous piquons celles de mon oncle, principalement des James Bond très ennuyeux.

Mémé qui nous emmenait tous les cinq en vacances dans sa maison des pays de Loire, elle qui n'avait eu qu'un fils, notre père. D'ailleurs, dans la chambre où nous dormons, le papier peint n'a pas changé depuis qu'il était petit : des illustrations kitschissimes qui racontent l'histoire de Robinson Crusoë.

Quand tu nous accueilles dans ta résidence secondaire en Normandie, dès notre arrivée, nous avons l'impression de te déranger. De perturber ton intérieur, soigné comme pour les pages de Marie Claire Maison. Aux murs de la salle à manger, tu as tendu de la toile de Jouy.

« La vie est quand même une chienne, me fait remarquer mon amie Juliette, alors que nous nous promenons toutes les deux.

– Pourquoi ? je demande.

– Eh bien tu as eu une grand-mère beaucoup plus présente que l'autre. Et pourtant, c'est sur celle qui a été la plus volatile, la grand-mère à éclipses, que tu as décidé d'écrire. C'est à vous décourager d'être sympa avec ses petits-enfants, franchement... »

Quand Juliette pointe cette injustice, je reconnais, l'espace d'un instant, me sentir parfaitement ingrate. Et puis je réfléchis : pourquoi écrire sur toi plutôt que sur ton alter ego ? Peut-être parce que l'amour de Mémé nous a été donné en bloc, simplement. Elle livrait sa tendresse en mode crème glacée : on n'avait qu'à piocher dans le pot et elle se déversait dans notre gorge. Chose encore plus folle : ce pot ne se vidait jamais. Alors que pour toi, il fallait gratter, chercher l'intertexte d'une phrase, voir plus loin que le chemisier Laura Ashley qu'on trouvait atroce. Mais qui t'avait aussi coûté un rein et une demi-journée à courir les grands magasins.

Peut-être aussi que Mémé avait, en un sens, renoncé à une forme d'individualité.

« Quand on parle de moi, je suis la femme de mon mari, la mère de mon fils, la belle-mère de ma belle-fille et même la grand-mère de mes petits-enfants... Mais quand est-ce que je suis moi ? », nous disait-elle parfois, en faisant mine de s'énerver. Et peut-être s'énervait-elle d'ailleurs vraiment, mais je crois que nous préférions ne pas l'envisager.

Toi, tu ne t'y résolvais pas. Une part de toi résistait, espérait toujours être reconnue pour autre chose que ton statut conjugal ou familial. Or, tomber la tête la première dans la grand-maternité, cela aurait signé un renoncement total. D'où cette forme de distance que tu maintenais avec nous. Et qui permettait que certaines choses demeurent encore possibles pour toi. Tu te tenais prudemment à distance des enfants à promener, des histoires à raconter, des plaies au genou à passer au Mercurochrome. Tu avais déjà donné.

Au fait, nous t'appelions Mamé.

L'oubliée

En ce début de XXIe siècle, le féminisme connaît un regain de vigueur. Ou plutôt écrit une nouvelle page de son histoire. Avec le mouvement #Metoo, la parole des femmes se libère ; on questionne l'objectivation du corps féminin, le concept de « charge mentale » surgit, celui de « *female gaze* » se popularise. Sur les murs de la ville, les collectifs de colleuses rappellent que les prédateurs ne doivent pas échapper à la justice, qu'il n'existe pas de crimes « passionnels » mais des féminicides. Dans le métro, dans la rue, les affiches publicitaires présentent des corps un peu moins normés. On organise des réunions non mixtes pour que la parole puisse naître dans des espaces sécurisés. Dans toutes les librairies, on trouve désormais un rayon intitulé « Féminisme ». Des limbes de l'Histoire ressurgissent des noms que la plume masculine avait estompés ou dont elle avait diminué la portée : Alice Guy, pionnière du cinéma ; Joséphine Baker, artiste et résistante ; Ada Lovelace, mathématicienne, Hedy Lamarr, actrice et inventrice, Mel Bonnis, musicienne... Dans nos villes, on tâche de féminiser les noms des rues pour rendre ces personnalités un peu plus visibles. Ici un arrêt de tram Delphine-Seyrig ou Adrienne-Bolland. Là, une passerelle Romy-Schneider, un collège Françoise-Héritier.

Bien sûr, le mouvement draine dans son sillage des dérives marketing. Dior sort un T-shirt « We should all be feminists » vendu 750 €. Frida Kahlo pullule en boucles d'oreille, mugs ou coussins sur les shops Etsy. On vend des bâtons de sauge afin de permettre aux sorcières modernes de purifier leurs intérieurs. La limite entre la démarche sincère et l'opportunisme commercial n'est pas toujours évidente à déceler. Mais toute révolution comporte ses marchands du Temple...

Je ne parle pas avec toi de tout cela.

Nous resterons sur ce silence puisque ta mort survient peu après.

Quelques mois passent. Et alors que le mouvement continue, s'amplifie, une chose me frappe. Sur les tables des librairies, au cinéma, au théâtre, les œuvres mettant en scène la vie des femmes se multiplient : Simone de Beauvoir, Colette, Simone Veil, Mary Shelley. Dans les dernières années de sa vie, Anne Sylvestre élargit son public. Annie Ernaux, elle, devient une rock star de la littérature contemporaine. Les récits de et sur les femmes affluent.

Mais quelle place y a-t-il pour une femme comme toi dans tout cela ? Tu n'as pas porté de cause, tu n'as pas milité, pas mené de combats. Tu as tenu une maison, élevé des enfants. Des femmes comme toi, pourtant, il y en a des milliers, des millions même. En même temps qu'on porte certaines figures féminines aux nues — et c'est tant mieux — j'ai l'impression qu'on vous rabaisse encore un peu plus. Qu'on vous renvoie au fond de vos cuisines, au bout du jardin, à côté du fil à linge, devant la corbeille de chaussettes à repriser. Vous, ce sont les femmes au foyer comme toi. Celles qui ne se sont jamais rebellées. Qui n'ont jamais manifesté. Le vent de mai 68 n'a pas décoiffé vos mises en plis. Implicitement, on vous reproche ce silence. Et on vous demande d'aller vous cacher encore un peu plus profond dans le terrier de l'Histoire. Mais il y a quelque chose qui cloche. Qui me semble injuste dans cela. Bien sûr, toi comme d'autres avez appartenu à la majorité silencieuse. Mais n'y aurait-il rien à sauver ? Rien à raconter ? Il me semble que si, sans que je parvienne à poser des mots dessus. Il faut dire que tu ne m'aides pas beaucoup. Je me souviens de toi clamant : « Je ne suis pas féministe, ah ça non ! » Et en même temps, je vois tes cinq filles qui ont toutes travaillé, ont garanti leur indépendance financière. Il y a forcément quelque chose qui a circulé entre elles et toi, entre nous et toi. Une sorte de rivière souterraine dont aucune de nous n'avait conscience mais à laquelle nous avons toutes bu. Je me dis que tu nous as forcément fait passer des choses en contrebande. Peut-être même malgré toi. Reste à savoir quoi.

Le sourire

Après ta mort, je regarde des photos de toi. Parmi celles-ci, une attire mon attention. Tu poses, en maillot de bain, en bord de mer avec ta correspondante vénitienne Alda. Tu apprends l'italien au lycée et, je ne sais pas comment exactement, tu as fait connaissance de cette famille qui te reçoit régulièrement chez elle. Tu t'y rends à chaque fois avec bonheur. La famille d'Alda possède un palazzo sur le Grand Canal. Quand vous partez pour la journée au bord de la mer, le majordome à gants blancs vient vous déposer sur la plage un panier de pique-nique. Je suppose que la photo a été prise sur le Lido, voire en mer, sur le bateau de la famille d'Alda car, derrière vous, on ne voit même pas un bout de plage, juste l'Adriatique. Nous sommes au début des années 1950, je pense. Tu portes sur ton maillot une chemise en éponge type sortie de bain. Alda a les tétons qui pointent sous son une-pièce qui la boudine un peu aux hanches.

J'ai fait agrandir la photo et l'ai épinglée sur le panneau de liège au-dessus de mon bureau. Aussi, tous les jours, ma grand-mère de vingt ans regarde-t-elle sa petite-fille de quarante en train de travailler. Tu as les yeux presque clos, car éblouie par le soleil qui te fait face avec un grand sourire que tu offres au photographe. Tu as rabattu tes cheveux légèrement ondulés sur le côté droit de ton visage et ils se déversent sur ton épaule. Tu as de légers cernes, comme si tu avais fait la fête la veille. Tu es mince comme je ne t'ai jamais connue et je me rends compte qu'en fait, tu n'as quasiment pas de poitrine. On dirait un mannequin.

Je sais combien cette phrase est un cliché J'ai remarqué d'ailleurs que c'est souvent ce que disent les petits-enfants de photos prises dans les années 1950-1960 de leurs aïeules : « Franchement, on dirait pas un mannequin ? », demandent-ils et ils attendent généralement davantage une confirmation qu'un avis. Je ne déroge pas à la règle.

À croire que toutes les grand-mères de ces années-là étaient des modèles en puissance. Mais est-ce seulement une vue de l'esprit de descendants partiaux ? Sans doute pas totalement. En 1947, tu as quatorze ans et Christian Dior lance la révolution new-look mettant à l'honneur la « femme-fleur » à la taille étranglée dont la jupe se déploie ensuite en une corolle de tissu gracile. Alors qu'avant guerre Chanel milite pour des tissus simples et pratiques comme le jersey, bannit le corset et propose des pièces qui lorgnent du côté du vestiaire masculin, Dior promeut la taille de guêpe et renvoie chacune et chacun de son côté de la penderie. Tout comme l'époque renvoie les femmes à la maison. Alors être jolie, avoir la silhouette affûtée, c'est aussi, j'imagine, une façon d'être concurrentielle sur le marché du mariage.

Je ne connais pas la grand-mère que me montre cette photo. Je remarque qu'elle sourit et qu'elle dévoile ses dents du haut. J'essaie de me souvenir, mais je ne crois pas t'avoir jamais vue sourire la bouche ouverte. J'essaie de te convoquer ainsi, mais aucune réminiscence ne me vient. Je t'ai déjà vue les dents dévoilées, mais alors, tu ne souriais pas. Ma mère a souvent noté ton expression crispée sur les photos de famille. C'est vrai que, quand je reprends ces clichés, tu arbores un air un peu « reine d'Angleterre ». Sourire de politesse un peu contraint. Est-ce que, entre la photo du Lido et les décennies où je t'ai connue, quelque chose s'était refermé en toi ?

Cela peut paraître paradoxal d'afficher cette photo au-dessus de mon bureau alors qu'elle ne correspond à rien de tangible pour moi. Qu'elle dévoile de façon insolente un sourire que je n'ai jamais vu. C'est évident : je ne connais pas cette jeune femme-là. Mais j'ai envie de la rencontrer.

Peindre

Des fleurs, il y en a partout dans ta maison. Pas de l'artificiel. Que de la fleur fraîche : des amaryllis en pot dans le salon qui côtoient une brassée de roses ou des tulipes perroquet. Trois bouquets, toujours, rien que pour le salon.

Tu aimes à citer un proverbe — grec, d'après toi — qui dit : « Si tu as deux pains, vends-en un et achète des fleurs avec l'argent. »

J'ai cherché la trace de ce proverbe, je ne l'ai jamais retrouvé dans les méandres du Net. Peut-être l'as-tu inventé...

Tu désirais faire les Beaux-Arts. Au lieu de ça, après ton bac, tes parents t'ont inscrite dans une école de sténodactylo, type cours Pigier. Tu n'y es pas restée longtemps. Cela ne t'intéressait pas du tout. Tu t'es mariée peu après. Tu as eu six enfants.

Tu as continué à peindre. Très souvent des fleurs. Tu t'installais dans ta cuisine, tu disposais ton matériel sur la table : un gros bloc Canson et tes pastels ainsi que tes tubes. Tu réarrangeais un peu les fleurs dans le vase puis tu te lançais. C'était généralement le matin, après avoir desservi la table du petit-déjeuner et avant qu'il ne faille te lancer dans la préparation du repas de midi. Quelques heures volées à la vie domestique dont tu profitais dans le silence.

Une chose me frappe : sur tes toiles, au premier plan, on trouve souvent un bouquet bien sage quoique foisonnant des couleurs tirées de tes pastels. J'ai deux de tes tableaux dans mon salon. Sur l'un, on voit deux grosses amaryllis jaillir d'un vase chinois bleu et blanc. À côté, des roses trémières dans une cruche écrue. Des coloquintes sont disposées dans une coupe tressée en argent. Une tasse en faïence bleue et blanche complète la composition. Sur l'autre tableau, un fauteuil au tissu fleuri partage le devant de la scène avec un petit guéridon recouvert d'une nappe sur lequel est posé un bouquet d'anémones.

Or, dans chacun de ces tableaux, l'arrière-fond vient contrebalancer ce que nous dit le premier plan. Dans la toile aux anémones, il y a cette fenêtre ouverte sur un jardin où la nature semble comme déchaînée. Comme si on n'avait pas passé la tondeuse depuis mille ans. C'est un véritable capharnaüm végétal où on ne sait ni quand finissent les hautes herbes ni où commencent les branches des arbres.

Il y a aussi une fenêtre dans le tableau aux amaryllis. Elle s'ouvre sur deux arbres décharnés, aux troncs marron foncé dont les ramures se tendent vers le ciel comme des griffes menaçantes. Je me souviens aussi du tableau dans l'entrée de mes parents : en contrepoint au bouquet au premier plan, on voit, dans le fond, des vagues déchaînées battre contre des falaises normandes.

Ce n'est qu'au moment d'écrire un texte pour ton enterrement que j'ai relevé ce contraste dans tes peintures. Comme si, avec cette organisation de l'espace, elles nous donnaient à voir ta sauvagerie sous tes apparences de bourgeoise policée. Il a fallu que tu meures pour que je voie enfin la révolte que tu portais en toi. Elle nous crevait les yeux à tous. Pourtant, je ne sais pas si aucun d'entre nous dans la famille s'en est jamais rendu compte.

Dans ces arbres noueux, ces flots impétueux, je ne peux m'empêcher de voir la marque de la jeune fille de la photo.

L'empêchement

À un moment, tu as cessé de peindre.

À chaque fois que je te posais la question, tu disais que c'était trop compliqué, qu'il fallait que tu installes ton chevalet, tes pastels, ta peinture... Je t'objectais que, vu le nombre de chambres désormais vides dans ta maison, tu aurais très bien pu t'installer un atelier dans l'une d'entre elles. « C'est juste qu'elle a la flemme, résumait ma mère. Parce que le temps, elle l'a, désormais. » Elle ajoutait que, d'ailleurs, c'était quand même bizarre : tu disais aimer la peinture et, pourtant, quand on te proposait de faire une exposition, tu déclinais toujours. Preuve que c'était bien de dilettantisme qu'il s'agissait, appuyait ma mère.

Ce n'est que bien plus tard que j'ai compris que les choses devaient être plus compliquées que cela. Au moment où la même chose m'est arrivée.

J'avais alors publié plusieurs livres. Je tâchais de me remettre sur un nouveau projet et je n'y arrivais pas. J'avais écrit des récits, je voulais passer le cap de la fiction. Dans le ventre de mon ordinateur commençait à s'amonceler un nombre inquiétant de débuts de romans auxquels je ne donnais jamais suite. Je trouvais mon idée formidable les vingt premières pages, puis, elle me semblait moins bonne, voire me désintéressait totalement. Et puis j'écrivais toute la journée pour gagner ma vie en tant que journaliste. J'avais du mal à garder de l'énergie pour une forme d'écriture, certes autre, mais qui revenait, dans la forme, à la même chose : noircir des pages. D'autant que je n'ai jamais été de celles pour qui se mettre à sa table de travail est un plaisir. Je n'ai pas d'appétence particulière pour le moment de l'écriture. Le moment où j'ébauche le texte dans ma tête et celui où je me relis, très bien. Mais écrire en soi est une lutte perpétuelle contre moi-même. Un peu comme faire des abdos : on sait que cela nous fera du bien, qu'on sera content après, encore faut-il s'y mettre. Et, de plus en plus, cette satisfaction me semblait trop lointaine pour que j'ouvre le dossier « Écriture » sur l'écran de mon ordinateur et me relance dans un de mes manuscrits. Je décidai donc de laisser tomber.

J'aurais pu me sentir soulagée de quitter le marais dans lequel j'avais le sentiment de patauger depuis des mois. Mais ce fut tout l'inverse qui se produisit. Chaque jour, je culpabilisais de ne pas écrire, de ne pas réussir à m'y mettre. Je ne suis qu'une petite journaliste qui essaie de jouer à l'écrivaine, me disais-je. Les livres d'avant, c'était au mieux de la chance, au pire, un malentendu. Et comme je trouvais que je n'allais pas assez loin dans la flagellation, je suivais avec intérêt les points finaux apposés à des manuscrits ou les sorties de livres en librairie que mes amis auteurs annonçaient fièrement sur Facebook ou Instagram.

La lecture de chacun de ces posts me ramenait à mon sentiment de nullité et l'entérinait profondément. Les autres, eux, travaillaient pendant que je perdais mon temps sur les réseaux sociaux. Et comme je trouvais souhaitable de franchir encore un niveau supplémentaire dans l'exercice d'autoflagellation, je me mis à chercher sur Wikipédia l'âge auquel les autrices que j'admirais avaient publié leur premier roman. Annie Ernaux : trente-quatre ans. Daphné Du Maurier : vingt-quatre ans. Sylvia Plath : trente et un ans. C'était foutu pour moi. J'avais passé l'âge auquel le talent romanesque semblait éclore. Ne me restait comme espoir auquel me rattacher que la comtesse de Ségur qui avait commencé à écrire à l'âge canonique de cinquante-sept ans.

En désespoir de cause, j'en vins même à consulter une coach spécialisée dans la créativité pour me sortir de ce marasme. Pour ce faire, elle s'appuyait sur les figures mythologiques. Je lui dis que j'avais l'impression d'être une source bouchée. De moi ne s'échappait qu'un mince filet d'eau, lui expliquai-je. Mais, si on parvenait à retirer les pierres qui obstruaient mon cerveau, je savais que pourrait jaillir le flot de mots que je pressentais derrière. Il était là, je le savais, mais quelque chose — quoi, je ne savais pas — l'empêchait de se déverser sur l'écran de mon ordinateur. Mon cerveau était un coffre-fort grouillant d'idées mais dont j'avais perdu le code. Au bout de quelques séances et plusieurs centaines d'euros, j'appris juste que j'étais comme Perséphone, cette déesse qui se partage entre la Terre et le royaume des Enfers. Comprendre : j'étais capable de faire face et d'assumer les facettes sombres de ma personnalité au même titre que les plus lumineuses. Moi, ça me faisait une belle jambe mais elle avait l'air de considérer que c'était une bonne nouvelle...

Pendant un an ou deux, je me torturai. Je n'écrivais pas et m'en voulais de ne pas le faire. Intérieurement, je ne cessais de m'insulter, de me traiter de feignasse, de tire-au-flanc. Autour de moi, tout le monde créait, sortait des romans, des films, des disques. Et la date de sortie de mon dernier livre n'en finissait pas de s'éloigner, comme ces bateaux qui partent vers l'horizon et que, de la plage, on distingue de moins en moins bien. J'avais été écrivaine ou, du moins, avais tenté de l'être, mais je l'étais de moins en moins. Mes livres n'étaient plus depuis longtemps dans les étagères des librairies et s'achetaient d'occasion sur Amazon ou Rakuten. Cela me retournait le ventre. Je me disais que, puisque je ne trouvais pas l'énergie pour écrire, c'est que je n'en avais pas si envie que ça et que mon désir était une vue de l'esprit. Je me disais que j'étais en train de rater ma vie. J'allais avoir quarante ans et n'avais pas accompli grand-chose. Puis je me trouvais mille excuses : la nécessité de ramener de l'argent à la maison, l'inexistence d'une pièce qui ne serait qu'à moi pour pouvoir y écrire et m'isoler. J'en voulais à mon mari, à mon fils qui me prenaient du temps et de l'argent. J'en voulais à mes employeurs qui ne me payaient pas assez. J'en voulais à mes parents parce que j'aurais voulu, comme d'autres de mes amis, avoir reçu un appartement qui me mette à l'abri des crédits bancaires. Je leur en voulais aussi de ne m'avoir jamais appris à épargner. Je venais d'une famille de « claqueurs » et en étais la digne héritière.

À force de saumurer, la colère se transforma en aigreur. Et tu devins un repoussoir : j'avais peur de « finir » comme toi. Toi dont la créativité semblait s'être nécrosée. Je tremblais que l'histoire ne se répète, de devenir une artiste ratée. Je percevais bien l'amertume qui me collait aux baskets comme un vieux chewing-gum mais j'étais bien incapable de m'en défaire. Plutôt que la coach en mythologie, je décidai de revenir aux fondamentaux et de reprendre une analyse.

Au bout de nombreuses séances à m'entendre larmoyer sur le fait que je n'arrivais pas à écrire, la psychanalyste, un brin excédée me semble-t-il, me lâcha : « C'est sûr que si vous n'essayez pas, vous ne risquez pas d'y arriver... »

Il ne fut pas immédiat, mais cela provoqua comme un déclic. Ou plutôt une lente ouverture. Je trouvais aisément un nombre considérable de faits extérieurs qui m'empêchaient d'écrire. Mais ils n'étaient que des prétextes. M'y autorisais-je seulement moi-même ? La réponse était clairement non. Je m'étais enfermée dans cette incapacité et avais bien pris soin de cacher la clé susceptible de déverrouiller ce blocage. Mon énergie, je la mettais à ne PAS écrire.

Pourquoi faisais-je cela ? Encore aujourd'hui, je serais bien en peine de l'expliquer. Mais je crois que je t'ai mieux comprise à ce moment-là. Longtemps j'ai pensé, comme certains membres de ma famille, que, par rapport à la peinture, tu étais velléitaire. Mais en fait, je pense que, toi aussi, tu t'empêchais toi-même. Pour peindre, pour écrire, il ne suffit pas de « vouloir pour pouvoir » comme je l'ai longtemps cru. Il faut s'en donner le droit. Est-ce que des années de femme au foyer n'étaient pas venues à bout de ta confiance en toi ? Dans un article intitulé « Les femmes au foyer : des activités méconnues et peu valorisées en employabilité[1] », les chercheuses Anne-Marie Dieu, Christine Delhaye et Annie Cornet parlent justement de la création artistique chez les ménagères. Elles écrivent : « Une femme qui se consacre quelques heures tous les jours à la peinture tout en assumant la gestion quotidienne du foyer se décrit avant tout comme une femme au foyer qui a une activité accessoire et de loisir. »

Avais-tu fini par te voir plus petite que tu ne l'étais ? Tenir une maison, recevoir du monde, ça oui. Mais peindre, estimais-tu que cela n'était pas « pour toi » ? Je n'élabore là que des hypothèses, mais je crois ne pas

1 In *Travail et Emploi*, n° 122, avril-juin 2010.

tomber très loin de la cible. Si tu ne te rendais pas dans les musées, dans les expositions, ce n'est pas, comme nous le croyions alors, par fainéantise. Mais peut-être que, comme les romans des autres sur les tables des libraires me meurtrissaient, les peintures des autres te renvoyaient à ta propre incapacité à en faire toi-même. « La liberté de bâtir sa propre vie a quelque chose d'effrayant pour quelqu'un qui ne l'a jamais envisagée », confirme l'essayiste Betty Friedan.

Dans son livre *La femme mystifiée*, paru en France en 1964[1], elle dépeint la crise morale et psychique que traversent les femmes au foyer américaines. Ce mal qui « ne dit pas son nom » et gangrène les *housewives* de banlieue, prisonnières de leurs maisons modèles et de leurs familles qui ne le sont pas moins. Celles dont la vie se joue entre la cuisine et le salon, voire, dans le meilleur des cas, jusqu'à la salle paroissiale ou l'association de parents d'élèves. Celles qui se disent fatiguées et déprimées sans que les médecins en cernent la cause. Mais Friedan ne fait pas que dresser un constat des maux dont souffrent ses concitoyennes. Dans la dernière partie du livre, elle leur donne des pistes d'émancipation et sur la façon de « réorganiser sa vie » afin qu'elle ne soit plus un simulacre mais qu'elle réponde aux aspirations profondes de chacune.

Friedan prend donc l'exemple d'une jeune femme, croisée au cours de son enquête, qui semble

1 Betty Friedan, *La femme mystifiée*, Belfond. Traduction d' Yvette Roudy

avoir réussi à s'extraire de son rôle de ménagère et qui mène, avec succès, une carrière de peintre. L'autrice lui fait raconter sa prise de conscience : « Je me donnais un mal fou pour me maintenir à la hauteur de cette magnifique image de moi-même, moi l'Épouse, moi la Mère. Tous mes accouchements ont été naturels. Tous mes enfants ont été nourris au sein. » La jeune femme continue en énumérant les exemples de cette quête de perfection domestique : « Ça ne suffit plus de repasser les robes de ses petites-filles, il faut des robes à fanfreluches sur lesquelles on passe trois fois plus de temps. On fait ses petits pains soi-même, on refuse d'acheter une machine à laver la vaisselle. » Évidemment, arrive le moment où la jeune mère n'en peut plus et s'oxygène en faisant des tours en voiture, ses enfants à l'arrière. Un jour, sur une route, elle croise un homme en train de peindre : « J'ai eu l'impression de ne plus être maîtresse de ma voix quand je lui ai demandé : "Donnez-vous des leçons ?" » Un peu plus tard, la jeune femme transforme en atelier la chambre d'un éventuel futur bébé. On ne peut imaginer plus fort symbole... « Je me souviens d'une nuit, poursuit-elle. Je travaillais... Je travaillais... et soudain, je m'aperçus qu'il était deux heures du matin et que j'avais fini. Alors, j'ai regardé le tableau que je venais d'achever et j'ai senti que je m'étais enfin trouvée. »

J'aurais aimé que ce récit fût le tien.

D'ailleurs, dans un début de roman auquel je reviendrai peut-être un jour, j'avais imaginé un personnage de grand-mère qui te ressemblait beaucoup.

Je la baptisai Irène. A posteriori, j'entends dans ce prénom « ire-reine » : la colère de la reine-mère. Je fis d'Irène une mère au foyer désireuse d'écrire des livres pour enfants et lui offris ce que tu ne t'étais pas accordé : un lieu à toi et à toi seule. Pour l'imaginer, je m'inspirai de la vaste pièce au dernier étage de ta maison. Je la remeublai pour en faire un cabinet de travail. Je poussai même le vice jusqu'à consulter les sites web de papier peint anglais pour choisir celui qui aurait été susceptible de te plaire. J'optai pour le modèle « Amalfi » de chez Graham & Brown : sur fond bleu, des branches de citronnier et d'oranger s'entrelacent. Parmi les agrumes, on distingue, sur les feuillages, de petits oiseaux venus nicher là.

Pour autant, avoir « une chambre à soi » ne suffit pas à Irène pour s'accomplir dans l'écriture et le dessin : mon personnage a beau désormais posséder un lieu, toutes les conditions ne sont pas encore réunies pour lui permettre de créer. Ses enfants rentrent de l'école le midi pour déjeuner, morcelant sa journée, comme les tâches domestiques dont elle doit s'acquitter. Et, plus tard, quand la situation financière de son mari lui permet de prendre une aide-ménagère, les choses ne s'arrangent guère. La motivation s'est émoussée, et, dans une sorte de cercle vicieux, l'impression de n'être bonne à rien alimente une forme d'inertie. Laquelle n'aboutit qu'à la frustration et à l'autoflagellation stérile.

Dans son texte, Betty Friedan explique justement que la chambre à soi woolfienne est certes nécessaire, mais pas suffisante. Encore faut-il que cet espace soit maintenu fermé, qu'il tienne l'épouse à l'abri des sollicitations conjugales et filiales. Mais, explique-t-elle, il faut aussi que la femme fasse preuve d'engagement dans la réalisation de son projet personnel. Et, justement, elle choisit l'exemple des arts plastiques : « Les femmes qui ne prennent pas la peinture ou la céramique assez au sérieux pour en faire un métier, c'est-à-dire soit pour vendre leurs œuvres, soit pour enseigner, et être ainsi traitées comme des égales par les autres professionnels, finissent toujours par les délaisser. La "peinture du dimanche" tout comme "la céramique à temps perdu" ne leur apporte pas cette indispensable sensation d'être soi-même tant qu'elles n'obtiennent pas la consécration de la société. »

J'ai le souvenir confus d'une exposition de tes œuvres quand j'étais petite. Je revois des étiquettes sur les cadres, les gommettes rouges sur leurs bordures pour dire qu'une toile était vendue. Puis, plus rien. À une époque, tu nous donnas à mon amie Mathilde et moi-même des cours de dessin. Tu nous installais à la table de ta cuisine. Sur la toile cirée, tu disposais un vase avec des fleurs et nous nous exercions à reproduire le bouquet aux pastels. Je ne me souviens plus de la façon dont tu exerçais ta pédagogie, toujours est-il que je n'ai jamais aussi bien dessiné que sous ta houlette. Mes fleurs ressemblaient à des fleurs à tel point que je les offrais sans rougir à des gens de ma connaissance. Je n'arrivais pas à croire que cela jaillissait de ma main, que je parvenais à être aussi précise. Pourtant, au bout de quelques mois, là encore, l'expérience a tourné court sans que je sache très bien pourquoi. Ta motivation semble sinusoïdale : faite de hauts et de bas. Et puis, un jour, la courbe n'est plus remontée du tout.

Un jour, j'ai racheté des pastels et du papier Canson. Je me suis postée devant un vase de pivoines et j'ai dessiné. En passant dans la pièce, mon fils a jeté un œil à ma feuille. « C'est super moche », s'est-il contenté de me lancer. Et franchement, il n'avait pas tort. Mes pivoines souffraient d'un grave problème d'échelle par rapport au vase, je relevai aussi une maladresse certaine dans la perspective, sans compter le rose des fleurs, rendu sans nuances aucunes... Une véritable catastrophe graphique.

Je ne sais plus dessiner sans toi à mes côtés.

Mais j'écris, tu vois...

Les recherches

Même si je décide de ne pas me lancer dans une enquête exhaustive à ton propos, mais plutôt de partir de ce que je sais, de ce qu'on a pu me raconter, de mes ressentis, je me rends bien compte que je suis complètement démunie concernant ton passé scolaire. C'est ainsi que, désormais, mes vendredis se déroulent sous le signe des cotes. Celles des documents disponibles aux Archives de Paris. En quelques semaines, je m'approprie la petite routine des lieux. Passer sa carte sous le scanner, se dépouiller au vestiaire pour ne conserver qu'un crayon à papier et un bloc-notes. Grimper à l'étage avec le bruit de mes pas qui résonne contre les murs en marbre. Attraper un chevalet avec un numéro inscrit dessus, l'installer à une des places disponibles. Chercher dans la base les documents susceptibles de m'intéresser, en noter les cotes, effectuer la demande sur le serveur. Patienter jusqu'à ce que mon numéro de chevalet s'inscrive au-dessus du bureau des appariteurs. Puis, enfin, fouiller fébrilement à la recherche d'une pépite dans la masse de documents récupérés.

Je bénéficie de la chance de la débutante. Très rapidement, en croisant les établissements parisiens où tu as étudié et les années où tu as dû y passer, je tombe sur la demande d'inscription te concernant au lycée Jules-Ferry en octobre 1946. Sur ce bristol jauni, il est écrit à la plume que tu es née à Dieppe, le 3 avril 1933. Que ta mère est « maîtresse primaire » et ton père « professeur d'éducation physique, détaché à la direction de la Seine ». Tu apprends l'anglais et l'italien et tu étais auparavant élève au collège Racine. Tu restes à Jules-Ferry jusqu'en première (lettres modernes, est-il précisé) avant d'aller effectuer ta terminale à Jacques-Decour.

Dans un premier temps, je note à la main le nom de toutes tes condisciples durant ces années-là. En effet, on trouve aux Archives les listes de classe. Je décide de partir à leur recherche. Je rêve d'échanger avec l'une d'elles voire plusieurs qui pourraient me raconter l'adolescente que tu étais, celle que même tes enfants n'ont pas connue et ton mari pas tout à fait. Alors que tu es partie, j'ai envie de m'offrir ce cadeau-là pour me consoler. Mais je ne me fais pas trop d'illusions : la plupart de tes camarades, comme toi, ont dû se marier et si, par chance, elles apparaissent sur Internet, cela risque fort d'être sous leur nom d'épouse...

Vissée sur Google, je commence par entrer les noms de tes camarades de Jules-Ferry. Comme je le craignais, ma récolte est maigre. Et si j'en retrouve certaines, c'est via leur avis de décès qui comporte à la fois leurs patronymes de jeune fille et de femme mariée. Parmi elles, Micheline B. dont j'apprends qu'elle fut agrégée de sciences naturelles. C'est l'une des rares sur lesquelles le moteur de recherche me donnera des informations liées au registre professionnel. Internet est une invention trop récente pour avoir compilé des éléments sur les vies de femmes ordinaires nées dans les années 1930. À moins, comme Micheline, qu'elles aient été recensées dans les fichiers de l'Éducation nationale. Sinon, la seule façon d'échapper à l'oubli numérique pour les femmes de ta génération, c'est d'avoir fait l'objet d'un article dans la presse régionale pour leurs noces d'or. C'est ainsi que je mets la main sur d'autres de tes condisciples, décédées également.

Parfois, au gré de mes recherches dans les Pages blanches, je tombe sur une femme qui a le même nom qu'une de tes camarades. Je sens mon pouls s'affoler au moment de composer le numéro. Aussi si quelqu'un, à l'autre bout de la ligne, décroche le combiné, ma voix est-elle toujours un peu courte quand j'entame mon boniment. Le même à chaque fois : « Bonjour madame, je sais que ma demande va vous paraître un peu incongrue... » Mais chaque tentative se solde par un échec. Non, il s'agit d'homonymes. Aucune n'était à Jules-Ferry dans les années où toi-même y étais scolarisée. Enfin, parlons de demi-échec puisqu'au bout d'un après-midi, je me suis constitué un répertoire de grand-mères fort sympathiques. Elles sont toutes désolées de ne pas être celle que j'espère. Et me souhaitent bonne chance dans ma quête. Comme Gisèle P. qui m'annonce qu'étant âgée de quatre-vingt-quinze ans, elle n'aurait pu être en classe avec toi. Je m'exclame : « Quatre-vingt-quinze ans ! Mais c'est impossible ! Vous avez une voix tellement juvénile ! »

J'entends son sourire parcourir la ligne téléphonique : « Croyez-moi, il n'y a plus que la voix qui soit juvénile... »

Une autre fois, je pars sur les traces de Rolande C. avec qui tu étais en quatrième. Les Pages blanches m'indiquent que celle que j'ai trouvée réside dans le nord de la France. Ce que confirme son accent ch'ti quand elle décroche : « C'est pas moi que vous cherchez, me répond mon interlocutrice. Mais je sais qu'il y a une autre Rolande C. à Boulogne ou à Calais, j'ai oublié. Parce que les médecins nous confondaient tout le temps. » Un silence, puis elle reprend, songeuse : « Non, ça pourrait pas être moi parce que je suis même pas allée jusqu'en quatrième. J'ai arrêté au certificat d'études... »

Je poursuis mes investigations sur les listes du lycée Jacques-Decour. Tu y arrives en octobre 1951 pour y suivre une terminale philosophie. Comme pour Ferry, je passe la liste de noms à la moulinette de Google. Un seul donne quelque chose : Françoise L. Internet m'apprend qu'elle fut artiste, chanta à la fin des années 1950, à la Colombe puis aux Trois Baudets. Elle fut la compagne de Pierre Perret, devint la secrétaire d'Anne Sylvestre et de Barbara et se consacra à son activité de parolière. Au gré de ma navigation, je trouve l'adresse mail de sa fille. Une réponse m'arrive quelques jours plus tard. Elle provient de la sœur de Françoise. Elle m'apprend que Françoise, tout comme sa fille, sont décédées. Non, elle n'a pas de photos ni de documents sur l'époque du lycée. Mais si, de mon côté, je trouve des choses, elle serait preneuse. Je me demande si tu avais été l'amie de Françoise, croisée brièvement au cours de cette année scolaire. Je ne peux m'empêcher de mettre en regard vos vies si différentes. Avec ce sentiment que la balance penche en ta défaveur.

À force d'être questionnés, les archivistes en viennent à connaître l'objet de mes recherches. C'est ainsi que l'un d'entre eux me suggère de regarder du côté du recensement de 1946. Peut-être me donnera-t-il quelques informations sur l'endroit où tu habitais. Il s'avère que j'ai l'adresse, le 83 rue Cardinet, dans le XVIIe arrondissement. L'archiviste me guide : il s'agit donc du quartier Plaine-Monceau et de l'îlot 3905. De là, il me dirige sur les registres qui ont été numérisés. Et, alors, sur l'écran, ce ne sont pas seulement des noms et des dates que je vois apparaître mais tout un petit monde qui, au fil des lignes, s'anime peu à peu.

D'abord il y a la description de ce fameux immeuble : « construit en pierre », m'apprend le document, il se compose de six étages avec un logement de cinq pièces par palier. Vous habitez au troisième. À l'époque, tu as donc treize ans. Ton père en a alors soixante-deux, ta mère quarante-deux. Elle est professeure de mathématiques au lycée

Carnot tout proche. Ton père, après avoir été prof d'Education Physique puis inspecteur de l'Éducation nationale, est retraité. Tu es une enfant de vieux, du moins du côté paternel. Ta sœur Françoise a vingt ans et fait ses études pour devenir dentiste. Vous habitez à deux pas de la salle Cortot, mais je ne sais pas si tu y allais. Pas plus que je ne sais si tu allais te promener au parc Monceau. Ou contempler les collections des musées Henner ou Cernuschi eux aussi situés non loin de chez toi. Mais si tu habites un quartier chic, hanté par les fantômes proustiens, la sociologie de ton immeuble témoigne d'une certaine mixité. C'est ce que m'apprend ce fameux recensement. Évidemment, il y a une concierge, Zélie L. qui vit avec sa nièce, Suzanne. Lucien L., magasinier, vit lui aussi avec sa nièce Fernande. D'ailleurs ils sont plusieurs à vivre avec des membres de leur parentèle. Les M., lui mécanicien et elle employée de bureau, cohabitent avec sa mère à elle. Georges B., industriel, héberge Joséphine, la sœur de sa femme. Il loge également sa fille de trente-neuf ans et son petit-fils de seize ans. Je me demande si ces regroupements sont liés à la guerre, aux veuvages qui précarisent les femmes, aux logements détruits qui obligent à faire jouer la solidarité familiale. Je me demande aussi si tu étais amie avec Jean-Claude, le fils aîné des F. qui avait dix ans à l'époque. Je me demande si le voisinage considérait mal Angelo M., « italien » comme il est précisé dans le document, chauffeur vivant avec son « amie » (autre précision de l'agent du recensement) Victoire. Est-ce qu'on se moquait des sœurs M., Maria et Marcelle, cinquante-sept et cinquante-quatre ans, employées de banque qui partageaient un logement ? Leur attribuait-on le rôle des « vieilles filles » ? Est-ce que les mères de famille les désignaient comme repoussoir à leurs filles en leur chuchotant « sois plus gracieuse si tu ne veux pas finir comme elles, sans mari » ? Est-ce que ta mère faisait ça ?

J'aurais bien voulu avoir mené cette recherche avant ta mort. J'aurais aimé débouler un jour dans ton salon, avec, comme une surprise, mon cahier noirci de ces dizaines de noms. Tu m'aurais demandé, ébahie : « Mais comment as-tu retrouvé tout ça ? » Et moi, faussement modeste : « Oh mais c'est trois fois rien ! » alors que mon cœur se serait réjoui de t'avoir fait une telle surprise. Ce moment-là n'adviendra pas. Je reste avec un registre et une liste d'habitants auxquels je prête une vie qui n'est peut-être pas tout à fait la leur.

La théière

Je ne sais plus à quelle occasion tu m'as offert ce service à thé. Sans doute n'y en avait-il pas. Quand tu revenais de salle des ventes, tu me donnais souvent un des objets que tu y avais chinés. Le service, donc. Signées de la manufacture royale de Limoges, toutes les pièces ont ce même motif de chardons blancs se détachant sur un fond crème avec des liserés dorés à la base. Grande buveuse de thé, je n'utilise qu'occasionnellement les tasses, trop fragiles et trop raffinées pour ma consommation quotidienne. En revanche, je raffole de la théière. Je ne la range jamais, elle reste sur le plan de travail de la cuisine car je l'utilise constamment. Elle a une grosse contenance et, même si elle ne garde pas très longtemps le thé chaud, cela ne me gêne pas, je le bois généralement tiède. Quand je reçois du monde, je sors l'intégralité du service. J'ai l'impression de jouer à la dînette avec les sous-tasses, le pot à lait, le sucrier...

Tu meurs. Quelques semaines plus tard, je pars en voyage professionnel. Quand je rentre, trois jours après, la théière est toujours sur le plan de travail. En revanche, le couvercle a disparu. Je le cherche avec frénésie. J'y passe la soirée, il y a urgence à le retrouver. Une théière sans couvercle, *ta* théière, ce n'est pas possible. Au bout d'un moment, mon mari m'avoue qu'il l'a « peut-être » jeté « par accident » dans la poubelle. Poubelle qu'il a descendue dans le container de la cour de l'immeuble. Il dit ne pas s'en souvenir, ne pas être sûr mais c'est une éventualité. Ces imprécisions me rendent folle. On sait si on a jeté ou pas un objet. On ne balance pas comme ça un couvercle de théière. Ce n'est pas un pot de yaourt vide ou des fanes de radis. C'est blanc, c'est beau, ça pèse lourd. Il l'a jeté ou pas ? Il dit qu'il n'en sait rien. Que je n'ai qu'à ranger mes affaires aussi.

Je me mets à pleurer, je claque des portes, je l'insulte. Je veux le taper. Le frapper au ventre, lui mettre une gifle, lui cracher dessus. Et en même temps que ces envies m'assaillent, je me rends parfaitement compte du caractère disproportionné de la violence qui fond sur moi. Une partie de moi s'en étonne, ferme mes poings et les range au fond de mes poches pour éviter tout débordement. L'autre partie laisse sortir un flot de larmes et de paroles. Personne ne fait attention à rien dans cette maison, chacun ne pense qu'à sa gueule. Ce qui compte pour les autres, on s'en fout. Je descends dans la cour de l'immeuble et sors le sac poubelle que j'imagine être le nôtre. Je le récupère au milieu d'emballages de kebabs vides, de cannettes de bière dont les résidus coulent sur mon jean. Je fouille dans le sac, à la recherche d'une forme blanche et lourde. Rien.

Je remonte et je le poursuis dans l'appartement. Est-ce qu'il se rend compte qu'il a jeté quelque chose qui comptait énormément pour moi ? Tu me l'avais donné, tu es morte et lui, il « ne sait plus » s'il a jeté ce couvercle. Il voit le manque de respect ? Pour toi ? Pour moi ? Pour mon chagrin ? Non, on ne peut pas utiliser « quand même » une théière sans couvercle. En même temps que je l'incendie, je me rends parfaitement compte que je pète un câble pour un couvercle de théière. Qu'en un sens, c'est ridicule, parce que ce bout de faïence ne contient pas l'esprit de ma grand-mère, que là où tu es, tu n'en as certainement rien à faire. Mais la colère jaillit, en une deuxième vague incompressible, hystérique. Je ne peux pas rester avec ce service bâtard. Il faut que je trouve une solution. Maintenant. Tout de suite.

Je tapote fébrilement sur Internet. Au bout d'une heure de recherche, je trouve un service de la même fabrique. Même couleur crème sinon que, au lieu des chardons, ce sont des branches de cerisiers qui ornent les pièces. Le motif est très discret, le diamètre du couvercle semble similaire à celui de ma théière. Je regarde le prix : trois cents euros. Peu de chances que l'antiquaire accepte de me vendre uniquement le couvercle. Je négocie donc l'ensemble à deux cent cinquante euros. Un quart d'heure plus tard, mon offre est acceptée. Je vais donc claquer plusieurs centaines d'euros pour un couvercle. Là encore, j'ai bien conscience de l'aberration de la situation. Mais je clique sur « offre acceptée ». L'idée de cette théière estropiée m'est insupportable. J'en informe mon mari. Il a l'air un peu atterré.

« Elle représente quoi, pour toi, cette théière ? Tu es bien consciente que ce n'est pas l'objet en soi qui t'importe ? », souligne-t-il.

Ce qui m'importe en effet, ce n'est pas le couvercle de la théière, mais sa perte. Et la façon dont je peux y remédier.

Me revient alors en mémoire *Hulul*[1], cet album jeunesse mettant en scène un hibou. À un moment, Hulul se prépare un thé aux larmes. Il remplit sa bouilloire de ses pleurs en se remémorant des choses tristes. Des chaises aux pieds cassés, des livres aux pages déchirées, des cuillères tombées derrière le poêle...

Pour mon thé aux larmes, je penserai à ton fauteuil vide dans ton salon, avec la boîte à ouvrage posée à côté, d'où émerge la manche d'un pull à jamais inachevé. Je penserai au fait que personne, plus jamais, ne m'appellera « ma petite chérie ». Je respirerai un pschitt de Diorissimo dont le flacon demeure dans ta salle de bain.

Évidemment, il n'y a que dans cette théière aux chardons que je pourrai préparer un thé aux larmes digne de ce nom.

1 Arnold Lobel, *Hulul*, L'École des Loisirs, 1976.

Les études

Tu rentres en trombe dans la cuisine de ma tante et tu lui dis : « Ta belle-mère a encore fait remarquer que je n'ai pas le permis de conduire. Mais moi, j'ai le bac, au moins ! »

Quelques minutes plus tard, c'est au tour de la belle-mère de ma tante de plonger sur elle : « Ta mère s'est encore moquée de moi parce que je n'ai pas le bac. Mais je sais conduire, moi ! »

Apparemment, ce numéro de duettistes était récurrent. Permis de conduire versus bachot, chaque réunion familiale donnait l'occasion aux deux femmes de se rappeler leurs faits d'armes respectifs.

Lors des conversations familiales, tu glissais fréquemment que tu avais eu le bac. Quand tu mentionnais ton diplôme, nous te répondions par un évasif « oui, oui ». Cela ne nous semblait pas mirobolant, nous qui appartenions à la génération « quatre-vingts pour cent d'une classe d'âge au bac ». Tu insistais sur tes bons résultats en français, en philo. Nous t'écoutions à peine. Si tu avais été une élève si brillante, alors pourquoi n'avais-tu pas poursuivi plus avant tes études ? Ça nous semblait louche.

Et ce d'autant plus que tu étais particulièrement obsédée par les diplômes, les grandes écoles. Au premier rang desquelles Polytechnique, installée sur la première marche de ton podium personnel. Mon grand-père avait fait l'X et tu gardais, à proximité de ton fauteuil, l'annuaire des anciens élèves pour pouvoir vérifier rapidement si Untel ou Untel, qui se vantait d'y avoir étudié, était dans son bon droit. Tu espérais que tes petits-fils fassent Polytechnique, que tes petites-filles en épousent l'un des élèves. L'inverse ne te serait pas venu à l'esprit et, de toutes façons, cela ne s'est pas produit, ni dans un sens ni dans l'autre.

Je me plonge dans les statistiques de l'Éducation nationale et elles me font mesurer l'exception que tu constituais dans ta génération. En 1951, sur les 682 394 jeunes Français âgés de 18 ans, on compte seulement 33 542 bacheliers dont 14 356 filles. Sur ton année de naissance, il n'y a donc que 4,92 % de bacheliers. 2,1 % sont des filles. Dont toi. Je me redis ce chiffre à haute voix. Tu fais partie des 2,1 % de filles nées en 1933 qui ont eu leur bac. Je compare avec ma classe d'âge. En 1980, on dénombre 800 376 naissances. 18 ans plus tard, 502 000 lycéens décrochent leur diplôme (pour la première fois, on franchit la barre du demi-million selon la Direction de l'Evaluation, de la Propstecive et de la

Performance (DEPP) de l'Education Nationale). Soit 67,2 % des natifs de 1980. L'écart avec ta génération est vertigineux. Je me rends compte que, comme souvent, nous avons minoré tes efforts.

Sans que nous nous en rendions compte, tes succès scolaires ont été enterrés sous ta vie de mère au foyer. La bonne élève n'a pas réussi à se faire entendre, perdue dans ses habits d'épouse, de mère, de grand-mère. Tes bonnes notes dorment dans un dossier perdu au fond d'une armoire. Jeté peut-être. Tu n'archivais pas. J'aimerais te rendre cela, tes lauriers, tes livres reçus pour un premier prix de composition en français ou en latin.

À ta place, j'aurais peut-être été meurtrie de voir mes petites-filles se lancer dans des études supérieures, obtenir des diplômes. Tu aurais pu cultiver une forme d'amertume à nous voir accéder à ce qui t'avait été refusé ou à ce que tu ne t'étais pas autorisé. Et je me rends compte que, même avant le bac, tu nous incitais à ne pas limiter nos ambitions.

Comme cet après-midi d'été. Nous passons alors quinze jours dans une grande maison de location en Autriche. Je lis, à tes côtés, sur la terrasse tandis que tu tricotes. Je suis plongée dans *Patapoufs et Filifers*, un roman d'André Maurois, illustré par Jean Bruller. Le nom me dit quelque chose. Je mobilise mes souvenirs et me rappelle que Jean Bruller est en fait le vrai nom de Vercors, l'auteur du *Silence de la mer* que j'ai lu peu de temps auparavant. Je te fais part de ma découverte et tu t'exclames : « Mais tu sais que tu ferais une très bonne chercheuse ! Tu devrais passer le concours de l'École des chartes ! » C'était très gentil de ta part, mais légèrement excessif...

Des années plus tard, au détour d'une conversation, tu glisseras : « Tu sais, je pense que, petite, tu étais surdouée... » Je proteste : non, j'étais une bonne élève, certes, mais certainement pas une surdouée ! Tu n'en démords pas : « C'est juste qu'on ne t'a jamais diagnostiquée ! » Avec le recul, je me dis que, avec cette phrase, tu parlais de toi plus que de moi. Peut-être avais-tu le sentiment qu'on n'avait pas assez diagnostiqué tes talents. Aussi, au risque de les exagérer, nous incitais-tu à prendre conscience des nôtres. Histoire que nous, les filles de la famille, ne passions pas à côté de qui nous sommes. Ou plutôt serions.

Alors je suis partie à la recherche de tes résultats scolaires. Nous n'avons pas d'archives familiales les concernant. Me voilà donc de retour aux Archives de Paris, qui renferment bon nombre de documents sur les lycées parisiens. Toi, tu as étudié à Jules-Ferry, place de Clichy puis à Jacques-Decour, avenue Trudaine.

J'ai de la chance : concernant Jules-Ferry, le fonds est assez conséquent. J'apprends donc que la loi Sée du 21 décembre 1880 concernant l'organisation de l'enseignement des jeunes filles prévoit la création de lycées leur étant spécifiquement dévolus. À la tête de ces établissements, des directrices, pas des proviseurs. Elles doivent conserver leur service d'enseignante et sont secondées par un économe. Si le lycée compte plus de cent élèves, s'y adjoint une surveillante générale. Plus tard, le décret du 25 mars 1924 fait en sorte qu'en termes de fonctionnement, lycées de garçons et de filles se rapprochent notamment via les programmes et les horaires. Le lycée Jules-Ferry voit le jour en 1913 et s'installe en lieu et place d'un établissement fondé en 1852 par les dames zélatrices de la Sainte-Eucharistie. Mazette. La loi de 1905 fait chasser ces braves dames et, en 1913, Jules-Ferry devient le septième lycée de jeunes filles de la capitale.

Au détour d'un carton, je frétille : me voilà face à une palanquée de dossiers scolaires. Mais je déchante vite : le tien n'y figure pas. En revanche, ce que j'y lis est assez édifiant.

Les appréciations feraient défaillir n'importe quel partisan de l'éducation bienveillante. « Pas très intelligente » mais « gentille fille » ; « appliquée, peu de résultats » est-il dit sur l'une. On gratifie l'autre d'un « pas douée et ne s'en rend pas compte » ; une troisième écope d'un lapidaire « fait pitié ». Une autre « ne travaille pas en anglais. Se pose en martyre ». Pourtant, quoique « fantaisiste » et « capricieuse », elle se révèle, à l'usage, « pas trop sotte ». Une de ses camarades est moins bien lotie : elle est jugée « bizarre », « déséquilibrée », « instable » et « un peu facilement contente d'elle ». « Cas presque désespéré », observe-t-on pour la suivante, à qui échoit la palme de la remarque improbable : « N'y a-t-il pas un trouble glandulaire ? »

Je pourrais continuer longtemps à recenser ce type de remarques qui peuplent les dossiers scolaires. Je pourrais aussi m'amuser à relever le champ lexical de l'hystérie. Me demander ce que des considérations psychologisantes voir physiologiques ont à faire là. Ici, ce sont autant les qualités morales qui sont évaluées que les capacités scolaires en un effarant gloubiboulga. J'ai le sentiment qu'on prend moins en considération les possibilités d'une jeune femme à poursuivre ses études qu'à devenir une épouse convenable dont on saura éradiquer les caprices autant que la prétendue instabilité. Je pense à la phrase de l'écrivain et universitaire Oscar Browning (1837-1923), évoqué par Virginia Woolf dans « Une chambre à soi ». « M. Oscar Browning, écrit-elle, avait coutume de déclarer « que l'impression laissée sur son esprit après avoir parcouru n'importe quelle catégorie de copies d'examen, indépendamment des notes à leur attribuer, était celle-ci : la meilleure des femmes est intellectuellement inférieure au pire des hommes »[1]

Je ne sais pas si ces élèves avaient accès à leur dossier scolaire. J'espère que non. Mais ils donnent une idée de la manière dont elles pouvaient être considérées par leurs professeurs. De la façon dont elles ont pu être découragées de continuer leur cursus. Combien de trajectoires ont été fauchées par ces remarques aussi lapidaires qu'injustes ? Combien

1 Virginia Woolf, *Une chambre à soi*, trad. Clara Malraux, 10/18, 1992. P. 80

d'ambitions fragiles parce qu'adolescentes ont été piétinées de la sorte ? Ça fait quoi, à quatorze ans, de s'entendre dire qu'on est instable ? Impossible évidemment de quantifier le nombre de renoncements dont ces appréciations ont été la cause. Mais on peut y entendre un sous-texte : restes-en là. Marie-toi et ne fais pas de vagues.

Sans surprise, on ne trouve pas, dans les dossiers des garçons, ce type d'adjectifs pour les qualifier.

Dans sa thèse *Fortune et infortune de la femme mariée*, publiée en 1987, le sociologue François de Singly écrit : « Les hommes apprécient peu une forte dot scolaire chez une femme, ils la perçoivent comme un danger pour le bon fonctionnement du couple, pour leur autorité personnelle. Certaines données sur le choix du conjoint démontrent l'existence d'une telle crainte masculine. Des étudiants n'espèrent-ils pas que leur épouse aura un capital scolaire inférieur au leur [...][1] ? »

En ce qui concerne ta génération, il semble que l'institution scolaire ait entendu leurs craintes.

---

1 François de Singly, *Fortune et infortune de la femme mariée*. PUF. 2004. P. 163

L'hypocondrie

On se passe le mot dans la famille.

Il ne faut jamais te demander comment tu vas. Jamais.

Parce que tu ne nous répondras jamais que ça va bien. Il y a toujours un truc qui cloche.

Forcément, on n'y arrive pas toujours. C'est automatique. Toute conversation digne de ce nom commence en demandant à l'autre comment il se porte. Et donc, parfois, nous n'arrivons pas à trouver la parade. « Salut Mamé, comment tu vas ? » Au moment de prononcer ces derniers mots, intérieurement on se dit, comme le perroquet dans *L'oreille cassée* de Hergé : « Caramba, encore raté... » On s'aperçoit qu'on vient de s'engouffrer dans un tunnel de plaintes dont on trouvera très difficilement la sortie.

Un jour, tu as mal à l'œil et c'est un glaucome, tu vas devenir aveugle. Ton ophtalmo te l'a dit.

Un mal de cheville va nécessairement te conduire à l'amputation.

Tu as des vertiges, des migraines, des insomnies.

On écoute, en mode pilote automatique, on opine du bonnet, on prend un air compatissant. Au fond, on s'en veut un peu de ne pas y croire, mais voilà. C'est comme l'histoire du garçon qui criait au loup. À force d'entendre parler ulcères, cancers, méningite, de ne jamais les voir survenir, on se dit que tout est du flan.

Tu te plains de ta santé. Beaucoup. Souvent. Tout le temps, en fait.

On appelle ça « la commedia dell' Mamé ». Et ça nous fait rigoler.

Entre nous, quand on s'appelle, on se dit :

« Tu as vu Mamé ?

– Oui, elle a mal à la jambe. Elle pense que c'est la gangrène. »

On soupire ou on sourit, c'est selon. La commedia dell' Mamé, représentations sept jours sur sept.

Ma mère dit qu'elle ne t'a jamais entendue dire que ça allait bien. Jamais. En plus de soixante ans. Ça fait beaucoup de plaintes... Si l'un de nous dans la famille est malade, tu surenchéris : tu as forcément un truc plus grave.

Quand on te prescrit des médicaments, tu ne les prends pas.

Un jour, je te dis que tu devrais aller voir un psy. Que ces douleurs incessantes, c'est un symptôme qui parle d'autre chose.

Tu me renvoies dans mes buts. Justement, tu en as parlé avec mon parrain, Dominique, qui est psychiatre.

« Il m'a expliqué que la plupart des psys n'écoutent pas leurs patients. Ils dorment pendant les séances... Il sait de quoi il parle, lui, vu que c'est son métier. »

Sous-entendu : ce n'est pas le tien, donc merci de garder tes avis pour toi.

Quand je rapporte à Dominique ce que tu m'as raconté de votre discussion, il éclate de rire. Évidemment, il ne t'a jamais dit ça.

Le mal qui n'est pas imaginaire chez toi, c'est la mauvaise foi. Mais, bizarrement, cette maladie-là, tu ne te l'es jamais diagnostiquée...

Le jour où tu apprends que tu as un cancer, je suis avec vous, Papé et toi, à l'hôpital. Je patiente dans la salle d'attente durant votre consultation avec le médecin. Soudain, une infirmière jaillit : « Il faudrait que vous veniez, votre grand-mère est en train de retourner le service ! »

Je me souviens de cette expression : « retourner le service ». Je me précipite à sa suite. Le temps du trajet, je t'imagine en train d'envoyer voler un plateau en métal. Les scalpels qui y sont posés se répandent sur le sol en un bruit métallique. Je te vois en train d'arracher théâtralement une perfusion de ton bras. Les scènes qu'on voit au cinéma. Mais c'est autre chose qui m'attend. Dans le couloir, j'identifie des pleurs que je connais bien. J'arrive dans le cabinet du médecin. Tu es assise dans un fauteuil, la tête affaissée sur ton épaule, le bras pendant sur l'accoudoir. On dirait une incarnation de Sarah Bernhardt. Quand tu me vois arriver, tu tournes vers moi un regard implorant : « Je vais mourir... »

Et comme à chaque fois, je réponds : « Mais non... »

Un cancer, ça se soigne. Et puis tout le monde sait que quand on est vieux, c'est moins grave. Du moins, c'est ce que j'ai toujours entendu dire.

Tu guéris, ou, du moins, tu es en rémission. Puis récidive quelques mois après. Retour à l'hôpital, en pleine crise du Covid.

La dernière fois que je te vois, nous rejouons les mêmes dialogues.

Toi : Je vais mourir.

Moi : Mais non.

Tu attrapes le Covid. Je ne suis pas plus inquiète que ça. Comme si ton éternelle hypocondrie te préservait, en un sens. On le dit tout le temps, on te le dit tout le temps : tu nous enterreras tous.

Et puis, au fil des jours, la situation se dégrade. Les oncles et les tantes arrivent de province. Les parents nous disent : ne venez pas la voir, c'est trop dur. Alors, on a beau être grands, comme on a peur de la mort, on obéit. Tes enfants se relaient désormais à ton chevet jour et nuit. Nous restons aux aguets, la sonnerie du téléphone nous angoisse et un matin, le coup de fil enrubanné dans la précaution : elle est partie.

Je pleure beaucoup, longtemps. Je suis étonnée de la profondeur de ce chagrin. À cette tristesse se mêle un sentiment de culpabilité, à la pensée de ce « Mais non » par lequel je te répondais toujours quand tu évoquais ta mort. Comme si, en te déniant le droit d'avoir peur de mourir, je t'avais du même coup enlevé la reconnaissance de ce que tu avais vécu. Tu n'étais pas une malade imaginaire. Nous n'avons juste jamais su de quoi tu souffrais vraiment.

Voleuse

Tu es persuadée qu'on te vole des choses.

Mais ce n'est pas cette peur des personnes âgées touchées par la démence sénile qui sont convaincues que leur aide-ménagère leur vole l'argenterie.

Toi, tu as toute ta tête, tu es alors en pleine forme.

Nous sommes dans les années 1990. Nous sommes adolescentes. Ma sœur invite sa copine Gaby dans la maison normande que Papé et toi avez achetée.

Peu de temps après son départ, tu signales que ton pot de crème Chanel a disparu. Gaby ne l'aurait-elle pas pris « par erreur », précises-tu. On lève tous les yeux au ciel : qu'est-ce que Gaby, douze ans et demi, pourrait bien faire d'une crème hydratante ?

Tu y reviens quand même, plusieurs jours d'affilée. Soulignes que c'est quand même bizarre, cette disparition, qui coïncide avec la venue de Gaby. On aura beau retrouver le pot en question quelques jours plus tard, derrière un meuble de toilette, tu n'en démords pas. Ce n'est pas le même.

Une autre fois, c'est moi qui fais l'objet de tes soupçons. Tu ne retrouves plus le CD d'Alain Chamfort que mon oncle, ton fils, t'a offert. Or c'est moi qui, la dernière, l'ai écouté. Est-ce que « par hasard », je ne l'aurais pas mis dans mes affaires ? Je démens fermement. Tu insistes. J'aurais pu le prendre « par erreur ». Excédée, je t'affirme que je n'ai rien pris du tout et que si je veux avoir ce fichu CD, je suis capable d'aller jusqu'à la Fnac et de me le payer moi-même. Tu m'adresses une petite moue dubitative. J'ai envie de te dire qu'il s'agit moins pour toi d'être entourée de potentiels voleurs que d'avoir un sens du bazar relativement bien développé. Je m'abstiens.

Si les larcins sont imaginaires, ton sentiment d'être volée, lui, ne l'est pas. Sinon, tu ne reviendrais pas ainsi à l'attaque, même des années après que l'objet a disparu. Je prends garde, devant toi, de ne pas mentionner le nom d'Alain Chamfort, au risque de me voir rappeler ma prétendue infraction au code de la propriété familiale. Ma sœur fait attention à ne pas évoquer Gaby. Sinon, immanquablement, la phrase surgit, accompagnée d'un haussement réprobateur du coin droit de la bouche : « Gaby, celle qui a pris ma crème Chanel... » Dans ces cas-là, vivement incités par un regard explicite de nos parents, on préfère se taire, ne pas remettre une pièce dans la machine. Car on aura beau plaider la cause du coupable, tu auras toujours quelque chose à objecter. Mais notre silence joue aussi contre nous. Qui ne dit mot consent, n'est-ce pas. Donc, à tous les coups, tu gagnes. Sans que tu sembles tirer grand plaisir de ton triomphe. Toi-même tu sens bien qu'il a un goût de victoire à la Pyrrhus.

Mais que concerne-t-il exactement, ce sentiment d'être flouée ? Que t'a-t-on volé ? Du temps ? De l'attention ? Si j'étais plus grandiloquente, j'oserais demander si tu n'as pas eu le sentiment que ta vie t'a été volée, en gérant un foyer, une famille. Tu donnes ce sentiment qu'on te doit quelque chose. Sans qu'on sache ni très bien quoi, ni très bien qui te le doit. Toi-même le sais-tu ? Une seule certitude : ce ne sera jamais assez. Notre dette à ton endroit est insolvable. Reste ce sentiment qui surnage, comme un animal qui t'habite, que tu ne sais pas nommer mais jaillit pour donner un coup de griffe. Puis retourne dans sa tanière. Jusqu'à la prochaine offensive.

2021. Tu es morte depuis quelques mois. Je suis avec mes tantes dans la maison normande. Il s'agit de vider tes placards.

Dans tes tenues, je te retrouve. Des chemisiers Max Mara ou Laura Ashley, des pulls Saint James. Beaucoup de fleurs, du lin, du blanc, de la soie. Des noms qui disent le prêt-à-porter d'avant : Renoma, Cacharel, Carven, Rodier... Pas de bouloches sur les laines, peu de taches sur les tissus. Tout est bien conservé si on excepte une légère odeur d'humidité qui n'est pas désagréable. Mes tantes n'en finissent pas de sortir du ventre de l'armoire des piles et des piles de vêtements. Il y a même des paires de chaussures en double, voire en triple exemplaire.

Quand on sait qu'en plus la maison normande n'était « que » ta résidence secondaire...

Mes tantes soupirent en effectuant le tri. Tout ce qui est trop grand ou immettable part dans un grand sac poubelle destiné à la benne textile à la sortie du hameau. Pour le reste, elles attendent leurs autres sœurs afin de savoir qui veut quoi. Sans se faire trop d'illusions. Tu dépassais la taille 50, là où les cinq sœurs s'échelonnent entre le 36 et le 46. Je leur dis qu'il y a des trucs qui peuvent se porter oversize. Elles font la moue.

« Mais toi, si tu veux quelque chose, prends-le, dit ma tante Marianne.

– Vous êtes sûre ? »

Je demande cela sur le ton de l'invité qui n'attend qu'un signe de son hôtesse pour se resservir du dessert. Mes tantes acquiescent. J'hésite. Il y a une chemise à fleurs bleues en viscose, une blouse ivoire, une autre chemise à rayures blanches et noires. J'essaie les vêtements les uns après les autres. Pour moi aussi c'est trop grand mais, nouées à la taille, les chemises rendent bien. Je prends la blanche et nous continuons le tri. Portées par leur élan, mes tantes décident de vider la remise. Il y a là des choses improbables comme plusieurs lampes de voiture à cheval que tu avais dû acquérir en lot à une vente. Des chaussures encore. Nous retrouvons aussi une quarantaine de rouleaux de papier peint Laura Ashley que tu avais achetés en magasin d'usine. De quoi refaire au moins trois pièces de la propriété. Tu achetais toujours trop. Ou plutôt, tu achetais toujours en trop.

Plus tard dans l'après-midi, je me retrouve seule dans la grande maison. Mes tantes sont parties à la déchetterie, jeter tout ce qu'on a pu déblayer dans la remise. Je réessaie les vêtements que j'ai mis de côté. Je les enfile rapidement, avec une certaine nervosité. Du coup, je manque une manche, je ne trouve pas un col... C'est comme si je me sentais observée. Comme si tu m'observais. J'ai peur d'un fantôme qui apparaîtrait soudainement derrière moi dans la glace de l'armoire où je me regarde. Un fantôme shakespearien qui tendrait vers moi un index vengeur en disant : « Voleuse ! » Mais une partie de moi, celle qui n'a pas peur, me souffle : « Tu as le droit. » Mieux : « Tu dois les prendre. » À ce moment-là, porter les vêtements d'une morte ne m'apparaît pas du tout comme sordide. C'est un héritage que je m'arroge parce que j'ai l'impression que cette partie-là de toi, c'est peut-être moi qui la comprends le mieux.

À mon mari qui s'étonne de me voir ranger ces affaires au fond de mon sac, je réponds :

« J'ai le droit.

– Le droit de quoi ? » demande-t-il.

En réalité, je ne sais pas trop. Peut-être que plus qu'un droit, il s'agit d'un devoir. Celui de continuer à te faire vivre, à promener ton élégance, dans les rues de la ville. J'ai le droit d'avoir des souvenirs. Même si, pour cela, j'en ai bien conscience, j'ai volé celle qui redoutait toujours de l'être.

Au moment de partir, alors que nous refermons la maison de V., ma valise pleine de mes larcins à la main, je lève les yeux vers la fenêtre du petit appentis. Je m'attends à voir ta silhouette pâle me toiser avec réprobation, comme le fantôme d'un récit gothique. Ou, tout du moins, voir les rideaux s'agiter avec courroux. Mais rien. Cette absence de manifestation me fait dire de façon un peu puérile que, pour la première fois, tu es volée et consentante pour l'être.

Le baccalauréat

Il y a une chose que je ne comprends pas. Pourquoi tu n'as pas fait d'études. Tu as eu le bac, et puis c'est tout. Tu me diras, en 1950, c'était déjà pas mal.

Sauf que tu avais un père professeur d'Education Physique et une mère professeure de maths, qui, légitimement, auraient dû te pousser à aller plus loin.

Sauf que ta sœur aînée, Françoise, est, pour sa part, devenue dentiste.

Toi, tu as voulu faire les Beaux-Arts, ton père a refusé. Tu aurais pu faire des études d'italien, langue que tu parlais très bien, mais non. J'ai l'impression que tu n'as pas cherché d'alternative. Comme si la déception avait fossilisé ta capacité à t'imaginer un autre avenir. On te refusait les Beaux-Arts ? Eh bien tu refusais tout. Ton père t'a inscrite au cours Pigier. Tu as obéi. Cela ne t'a pas plu. Y es restée à peine quelques mois. Tu t'es mariée. *End of the story*. De la *story* professionnelle, tout du moins.

Je tire un fil et c'est toute une pelote qui se déroule. Et de l'interrogation initiale jaillissent des sous-questions. La première : pourquoi ton père a-t-il refusé que tu fasses les Beaux-Arts ? D'autant que lui-même était un peintre amateur plutôt doué... Ne voulait-il pas que sa fille réussisse là où lui-même n'avait osé s'aventurer ? C'est une probabilité mais cette mesquinerie ne colle pas avec l'image qu'on m'a toujours renvoyée de mon arrière-grand-père : altruiste, dévoué à la communauté — un gymnase à Dieppe porte d'ailleurs son nom — amoureux de la peinture et de la musique...

Une autre hypothèse me semble plus recevable : il est possible que mes arrière-grands-parents aient eu peur. Les Beaux-Arts n'étaient peut-être pas un endroit fréquentable pour une jeune fille comme il faut. Après tout, cette école n'est autorisée aux filles que depuis 1900, dans un atelier qui leur est spécifiquement dédié. Le prix de Rome ne leur est ouvert qu'en 1903. Ce n'est pas si vieux. Et, même une fois dans les murs, il faut encore y aller avec les dents. Les étudiantes ont par exemple dû batailler pour obtenir le droit d'assister à des cours de nu masculin « décaleçonné ». En faisant des recherches, je tombe sur les notes autobiographiques de Suzanne Humbert[1], une artiste, justement passée par les Beaux-Arts. Certes, elle y a étudié dans les années 1940. Si tu avais dû y entrer, cela aurait été au début des années 1950. Mais, en une dizaine d'années, les

1 www.suzannehumbert.net.

choses n'avaient pas dû énormément évoluer. Et, effectivement, ce qu'elle raconte de la condition des jeunes filles aux Beaux-Arts est éloquent :

> « À l'École, ce matin, j'ai trouvé de grands bouleversements et je suis perplexe, outrée, révoltée, etc. Sabatté a repris son atelier, où quelques élèves se prélassent, et nous, notre atelier est le dépotoir. Il paraît que samedi (où il est déjà venu corriger) on pouvait lui exprimer l'humble requête de faire partie de son atelier, mais que toutes les filles de moins de vingt-huit ans étaient écartées. [...] Lundi matin à l'atelier, où le modèle a une jolie pose : il a d'ailleurs fallu que je montre une certaine autorité pour me placer où je voulais. Je dérangeais un de ces messieurs en face, faisant une tache dans son fond. Non mais, vous vous rendez compte ! J'ai retrouvé toute mon autorité de sous-massière déchue (comme dit Le Pesqueux) et me sentant appuyée par le massier actuel je n'ai pas fléchi. »

Est-ce que tes parents ont voulu t'éviter ce type de batailles perpétuelles, estimant que le jeu n'en valait pas la chandelle ? C'est possible. Une chose est intéressante. Suzanne, justement, doit faire face aux réticences de son père. Elle le raconte ainsi :

> « À seize ans, baccalauréat, puis licence en droit (suivant le désir de mon père qui me voulait avocat) sans enthousiasme de ma part, n'ayant pas renoncé à l'espoir d'être peintre. [...] En même temps que la troisième année de droit, j'obtiens de suivre, comme élève libre, avec une amie de pension, les cours de décoration de l'école Élisa Lemonnier (professeur

Mme de Coster). La licence de droit passée, j'obtiens de mes parents la récompense : l'entrée à l'académie Julian (enseignement de Bergès, Montézin, Maury). Vifs encouragements des professeurs et premier prix du concours d'esquisses, donnant droit à l'année gratuite — donc encore un an à l'académie Julian, cependant que mon père ne perd pas tout espoir et m'inscrit au barreau afin de commencer un stage d'avocat (juridiquement j'en resterai là). Puis deux ans à l'académie libre Colarossi et surtout Grande Chaumière. »

On le voit : le père de Suzanne ne trépigne pas de joie à l'idée qu'elle s'engage dans une carrière artistique. Mais, contrairement à toi, elle met en place une stratégie. Elle fait ce qu'on lui demande, mais elle négocie : d'accord pour les études de droit souhaitées par son géniteur, mais, en échange, elle obtient des « cours de décoration ». On y va doucement pour ne pas trop effrayer les parents. La licence obtenue, elle gratte encore un peu avec l'académie Julian. Notons au passage que, dans « Artistes femmes, ni muses ni soumises », un article paru en mars 2020 dans *Connaissance des arts*, la journaliste Myriam Boutoulle souligne que ladite académie Julian « qui accueille les femmes à partir de 1873, dans des ateliers non mixtes, demande aux étudiantes un tarif double de celui des hommes ».

Puis Suzanne laisse miroiter à son père la possibilité de devenir avocate et continue sa formation artistique « en sous-marin ». Comprenant qu'il lui serait impossible d'assumer pleinement sa vocation, Suzanne a rusé en se servant du droit comme d'un paravent. Si j'osais un mauvais jeu de mots, je dirais que, pour parvenir à ses fins, elle joue, pendant plusieurs années, sur les deux tableaux. Suzanne était une guerrière alors que toi, naïvement, tu es partie la fleur au fusil. Et quand tes ambitions se sont fracassées, tu n'étais pas armée pour répondre au refus. Alors tu as saisi une pelle et un balai et tu as ramassé les débris. Puis tu les as glissés sous le tapis.

Un autre élément me semble important : à l'époque, tu manques de modèles pour te projeter dans une carrière d'artiste. Certes, il y a bien eu Berthe Morisot, Mary Cassatt, Marie Laurencin... Mais cela demeure une goutte d'eau dans un océan d'artistes hommes. Évoquant pour sa part les romancières du début du XIXe siècle, Virginia Woolf[1] pointe du doigt « l'absence de tradition qui pût les soutenir ou [...] l'existence d'une tradition si courte et si fragmentaire qu'elle était de peu de secours ». Et de poursuivre : « Il est inutile que nous nous tournions vers les grands écrivains masculins pour leur demander une aide [...]. Lamb, Thackeray, Newman, Sterne, Dickens, Quincey, quels qu'ils soient, n'ont jamais jusqu'alors aidé une seule femme, sinon en lui apprenant quelques trucs qu'elles purent ensuite adapter à leurs propres fins. »

La façade de la Maison nationale des artistes est entièrement recouverte d'échafaudages. L'ensemble

1 Virginia Woolf, *Une chambre à soi*, trad. Clara Malraux, 10/18, 1992. P. 113

laisse néanmoins deviner une demeure très cossue à quelques mètres du centre de Nogent-sur-Marne. L'endroit accueille en fait un EHPAD réservé aux artistes. Dans l'entrée, en voyant une vieille dame à la démarche légèrement en dehors et aux mains crispées par l'arthrose, je me dis que je croise sans doute une ancienne danseuse. Plus loin, une autre femme, pas si âgée en fauteuil roulant, a un visage qui m'est familier. Peut-être une actrice...

Moi, c'est une illustratrice que je viens voir aujourd'hui. Jacqueline Duhême aborde ses quatre-vingt-seize ans avec panache et un joli cardigan rose vif. Hormis la canne qui l'aide à marcher et une légère surdité, les années ne semblent pas l'accabler de leur poids. Dans le hall de la Maison, une exposition est consacrée à son travail. On trouve là des dessins qu'elle a réalisés pour des recueils de Jacques Prévert dont elle était une amie proche. Elle a également fourni au magazine *Elle* des reportages dessinés, comme le déplacement de Jackie Kennedy en Inde et au Pakistan en 1962 ou le voyage du pape Paul VI en Terre sainte en 1964. C'est également à elle qu'on doit les premières illustrations de *Tistou les pouces verts* de Maurice Druon ou de *Grain-d'Aile*, un conte imaginé par Paul Éluard avec qui elle vécut une histoire d'amour. Elle décrit son style comme « naïf ». Tout dépend ce qu'on met derrière cet adjectif, bien sûr, mais je trouve qu'elle minore, en l'employant, la force de son travail. Bien sûr, il émane de ses dessins une fraîche et franche candeur mais qui n'a rien de sot ou de bébête. Il s'agit plutôt, à travers les couleurs, le trait rond, d'une connexion directe à l'enfance, à son humour exempt des oripeaux de l'ironie ou du sarcasme. Je réalise son interview pour un des journaux qui m'emploient et j'en profite pour l'interroger sur la façon dont elle est parvenue à percer dans le dessin. À treize ans, elle entre aux Beaux-Arts de Clermont-Ferrand. À vingt ans, elle est aide-atelier chez Henri Matisse. Vous êtes de la même génération, elle n'a que six ans de plus que toi. Alors pourquoi elle et pas toi ?

Il s'avère que Jacqueline grandit auprès d'une mère libraire[1]. Pas de père à l'horizon. « Je crois qu'il s'est volatilisé », rigole-t-elle. Visiblement, sa mère n'aime pas s'encombrer d'hommes à la maison. « Ils l'intéressaient pour la bagatelle, pas pour se marier. » Pas tellement s'encombrer d'enfants non plus. Jacqueline grandit dans des couvents, des foyers, fait même un passage par l'Assistance publique. La vie se charge de la dégourdir. Elle est tour à tour bobineuse, vachère, avant d'entrer chez Matisse. J'insiste un peu : quand même, à l'époque, ça ne devait pas être évident d'être une femme artiste. Elle hausse les épaules : « Je me suis lancée, c'est tout... Je ne me suis pas posé de questions... » Un cadre familial plus lâche, l'habitude de la débrouille... J'imagine que cela a aussi contribué à ce que Jacqueline n'ait peur ni de la liberté ni de l'autonomie. Aujourd'hui, elle ne dessine plus. Ses mains lui font trop mal. « Mais j'ai eu une vie intéressante, euphémise-t-elle. Je ne regrette rien. »

1 Elle raconte sa vie dans *Une vie en crobards*, Gallimard, 2014

Quelque temps plus tard, j'écoute un podcast consacré aux femmes sténos[1]. La documentariste y interviewe la sociologue Delphine Gardey. Celle-ci explique qu'à l'âge d'or de la sténographie et de la dactylographie, ces activités sont considérées comme adéquates pour les jeunes filles des classes moyennes et bourgeoises. Pour mieux s'en persuader, on construit l'idée de dispositions naturelles des femmes pour le secrétariat en établissant notamment une correspondance entre le clavier du piano — l'apprentissage de l'instrument étant classique chez les jeunes filles de la bourgeoisie — et celui de la machine à écrire. Le podcast dresse un portrait fin et nuancé de la condition de sténo : bien sûr, ces jeunes femmes accèdent à l'autonomie financière mais elles sont aussi corvéables à merci, à la disposition de la hiérarchie masculine. Je pense à toi, à tes quelques semaines au cours Pigier. Est-ce que, si tu avais été au bout de ta formation là-bas, le cours de ta vie en aurait été modifié ? Aurais-tu trouvé un emploi ou bien, ton diplôme en poche, aurais-tu opté pour la situation de femme au foyer, oubliant bien vite le nombre de mots que tu étais capable de taper à la minute ? Je n'en sais évidemment rien mais je me dis qu'au moins sur un point, cela aurait pu être bien que tu ailles au bout de ce cursus. La documentariste Clara Blein-Renaudot souligne en effet que, parmi les femmes qu'elle a interrogées, certaines ont

1 Clara Blein-Renaudot, « La sténo, l'écriture secrète des femmes », Arte Radio, 2023.

utilisé la sténo comme un code secret pour rédiger des notes intimes compréhensibles d'elles seules. Des mots conservés à l'abri des parents, des maris, des enfants dans une écriture très graphique... Je me dis que l'idée aurait pu te plaire.

Françoise

Ta sœur Françoise est décédée en 2007, à quatre-vingts ans.

Je ne l'apprends qu'en 2021, quatorze ans après sa mort. Un an après la tienne. Et pour cause : je ne l'ai jamais connue. Tu ne m'as jamais parlé d'elle. Il n'y a pas de photo d'elle chez toi. Vous étiez brouillées depuis des années. Plus précisément, Françoise est brouillée avec sa famille depuis des années. Chez nous, on ne parle pas de cette dispute. On n'en connaît pas la cause. Tout ce que je sais, c'est que Françoise n'est pas venue à l'enterrement de sa mère, ni à celui de son père. A priori, ses choix de vie n'ont pas convenu à ses parents. C'est peut-être là l'origine de son effacement de la mémoire familiale...

Comme beaucoup d'absentes, Françoise était très présente. Je ne sais pas ce qu'il en est pour mes frères et sœurs ni pour mes cousins, mais j'avais réservé pour elle un tiroir de mon cerveau. Certes, plutôt vide, le tiroir, vu que je n'avais pas grand-chose à mettre dedans. Mais il était bien là, empli de mystère et de quelques fantasmagories que je nourrissais autour de celle que je nommais respectueusement « tante Françoise ».

Et d'un peu de soufre aussi. Quand on prononçait devant moi son nom — c'était rare, mais cela pouvait arriver, une discussion entre ma mère et mes tantes quand tu étais suffisamment loin — je l'associais au mot « pétroleuse ». Derrière cette expression, je mettais une sorte d'aventurière irrévérencieuse chevauchant une mobylette. Je pense que cette association résultait d'une confusion dans mon esprit entre « pétroleuse » et « pétrolette »...

Qu'avait-elle donc bien pu faire, cette pétroleuse, pour être bannie de notre famille ? Ou bien qu'avait pu faire la famille pour qu'elle s'auto-ostracise ainsi ? Cette dernière hypothèse me semblait inconcevable. Surtout quand je fixais le visage inoffensif de mon arrière-grand-mère. Petite, il m'émouvait terriblement : elle plissait ses yeux quasi aveugles derrière ses grosses lunettes, sur sa bouche toute fine naissaient des sourires dignes des aïeules des romans de la comtesse de Ségur. Tandis que je la regardais, assise paisiblement dans le canapé de ton salon, je ne pouvais m'empêcher de secouer la tête, légèrement choquée : comment Françoise avait-elle osé blesser une femme si gentille ? Bizarrement, je ne me posais jamais la question inverse : comment mon arrière-grand-mère avait-elle pu ainsi couper les ponts avec sa fille, sans, visiblement, jamais chercher à rattraper la situation ? Tout ce que je savais, c'était que je ne savais rien, comme disait l'autre...

Il est quand même une chose que je sais : Françoise était une jeune femme brillante. De six ans ton aînée, elle fera des études de dentiste. Dans les années 1940, ce n'était pas si fréquent. Mais là où d'autres auraient choisi d'ouvrir leur cabinet sur un chic boulevard parisien, elle a décidé de partir pour l'Algérie. Après l'indépendance, elle s'installe là-bas et travaille dans un dispensaire. Voilà qui a dû faire désordre dans ta famille de droite traditionnelle.

Une autre chose que j'apprends : Françoise aurait été la préférée de ton père, selon une de mes tantes. Non, rectifie ton amie Bernadette. Françoise était la préférée de ta mère... Une certitude : tu n'étais visiblement pas la chouchoute...

À partir de là, je me demande comment la trajectoire de ta sœur n'aurait pas pu moduler la tienne. Et je pense à cette histoire qui a marqué un tournant dans la vie de James M. Barrie, l'auteur de *Peter Pan*. Il a raconté lui-même cet épisode fondateur[1]. Nous sommes en janvier 1866, Barrie a lui aussi un frère que sa mère lui préfère. Il s'appelle David et s'apprête

1 James M. Barrie, *Portrait de Margaret Ogilvy par son fils*, trad. de Céline Albin-Faivre, Actes Sud. 2010

à fêter ses quatorze ans. James, lui, en a six. Un jour, à la patinoire de Bothwell, David se fracture le crâne et meurt. Margaret, leur mère, sombre alors dans une sorte de catatonie sévère et garde la chambre. La sœur de James le prie d'aller visiter leur mère « et de lui dire qu'elle avait encore un garçon ». James obtempère. La pièce est plongée dans l'obscurité. Aussi Margaret demande-t-elle :

« Est-ce toi ? »

« Je crus que c'était au mort qu'elle parlait », écrit Barrie. Dans son esprit, il n'y a de place dans le cœur de Margaret que pour David. Aussi répond-il :

« Non, ce n'est pas lui. Ce n'est que moi. »

Je me souviens avoir eu le cœur brisé à la lecture de cet épisode de l'enfance de Barrie. Les larmes aux yeux en pensant à ce petit garçon de six ans qui, inconsciemment, a déjà compris qu'il ne ferait jamais le poids face à un aîné à qui la mort confère une aura supplémentaire. Je me demande si, toi aussi, tu n'avais pas le sentiment de n'être « que toi » face à ta sœur aînée.

Du coup, le fait que Françoise, la favorite, ait déçu les espoirs parentaux au point qu'il en ait résulté une brouille intersidérale, te laissait une brèche dans laquelle t'engouffrer. Devenir la fille parfaite, c'était la possibilité de gagner ce titre convoité de préférée. Est-ce pour cela que tu ne t'es pas révoltée pour les Beaux-Arts ? Est-ce pour cela que ta vie a répondu en tous points aux idéaux bourgeois, à savoir fiançailles, mariage, famille nombreuse ? Peut-être qu'à trop vouloir la place d'une autre, tu as perdu de vue la tienne... On raconte que, pour sa part, après l'épisode de la mort de David, James Barrie cessa de grandir, restant un éternel enfant. Que ne ferait-on pas pour l'amour de ses parents...

Travailler

Le 22 juillet 1965 est diffusé à la télévision un nouvel épisode de l'émission *16 millions de jeunes*. C'est justement en 1965 que les femmes obtiennent en France le droit de travailler sans l'autorisation de leur mari ainsi que d'ouvrir un compte en banque. Cigarette à la main, le coproducteur de l'émission, André Harris, s'interroge : « En 1965, une femme doit-elle travailler au même titre exactement qu'un homme ? Que peut-elle y gagner — bien entendu en dehors de l'argent — ou que peut-elle éventuellement y perdre ? » Pour y répondre le programme propose donc un reportage signé Colette Gouvion mettant en scène deux femmes : Christiane, rédactrice en chef de *L'Express*, et Catherine, mère au foyer. À aucun moment au cours du reportage, on ne connaîtra leur nom de famille.

Le sujet démarre en montrant Christiane dans son bureau de *L'Express*, réprimandant un de ses collaborateurs parce qu'un article n'est pas encore arrivé puis reprenant le texte d'un autre. Le défilé des collègues, le téléphone, le cendrier sur le bureau : tout indique la femme de pouvoir. On la retrouve plus tard chez elle, pour l'interview. La caméra capte Christiane, cigarette à la main, assise par terre, le coude sur le canapé du salon. Puis, l'objectif opère un travelling et saisit le mobilier bourgeois qui habille la pièce et, dans un fauteuil, ce qui ressemble à un tricot en cours. Christiane explique avoir choisi de travailler pour échapper à l'activité domestique. « C'était une réaction contre la cuisine. Maintenant, c'est une réaction contre l'âge. [...] Imaginez une fille de vingt ans. Elle est belle, elle a un homme qui l'aime et ensuite des enfants. Jusqu'à l'âge de trente ans mettons, c'est quelque chose qui va crescendo. Et puis, à partir de l'âge de trente ans, tout ne peut que se déglinguer. Les enfants ne peuvent que s'éloigner, le mari ne peut que l'aimer un peu moins, soyons lucides [*elle sourit, avec l'air de s'excuser*] même s'il l'aime tendrement mais il ne l'aime plus comme quand elle avait vingt ans et la beauté ne peut que s'en aller. Une vie qui est basée sur ces trois choses-là est une vie qui, à partir de trente ans, ne va qu'en s'amenuisant. »

Elle parle ensuite de la nécessité de se détacher de ses enfants, de ne pas les garder pour soi, ainsi que de la façon dont le travail permet de maintenir à flot la vie conjugale : « Quand on rentre tous les deux crevés du bureau, on comprend qu'un mari n'ait pas envie de parler. Il y a un rythme de vie qui est plus coordonné », plaide-t-elle. La discussion se poursuit avec une mise en scène qu'on sent assez artificielle : censée être saisie sur le vif au réveil, Christiane est au lit avec son époux et écoute celui-ci se féliciter qu'elle travaille.

Puis c'est au tour de Catherine. Bizarre. Alors qu'elle est « femme d'intérieur », on ne la verra, au cours du reportage, que dans son jardin. Elle nourrit ses chats, change son enfant à l'ombre d'un arbre. La table à langer a été transportée en plein air. L'interview se déroule sur le perron de sa maison, alors qu'elle épluche des légumes tirés d'un grand panier en osier. Des taches de rousseur piquettent son visage. Un trait d'eye-liner étire son regard. La caméra capte le vernis écaillé sur ses ongles. « Il m'apporte sa paie, dit-elle de son mari. Mais moi je lui apporte autre chose ! » Et de poursuivre : « Ça ne me gêne pas d'être dépendante. Ça me gênerait d'être dépendante de quelqu'un qui ne m'aime pas. J'espère qu'il est aussi content de me donner de l'argent pour me payer des robes que moi je suis enchantée de lui payer des costumes. Évidemment, moi je ne gagne pas d'argent. À côté de ça, si je travaillais, il faudrait bien qu'il paie quelqu'un pour s'occuper du reste... » Un peu plus tard, elle lance dans un éclat de rire : « Travailler pour le plaisir, je sais pas moi, c'est une perversion ! »

A priori, pour une fille de ma génération, il semble évident d'être de la « team Christiane ». Et pourtant, dans ces deux témoignages, quelque chose m'embarrasse. Chez l'une comme l'autre des interviewées, il est frappant de voir comme le rapport au travail est conditionné par le regard masculin. Christiane n'évoque à aucun moment les joies que peut lui procurer sa vie professionnelle. Elle y voit plutôt une façon d'endiguer le vieillissement, de préserver sa vie conjugale. Catherine trouve sa dépendance acceptable parce qu'elle est contrebalancée par l'amour de son conjoint. Et puis je suis gênée aux entournures par cette phrase de Christiane à la fin du reportage : « Il est très facile de se plaindre quand on croit que c'est de la faute des autres et pas de la sienne. » C'est comme si elle s'adressait à toi, directement, qu'elle t'accusait...

Pour tout dire, je ne la trouve pas très honnête. Certes, son nom de famille n'est pas donné mais il n'est pas difficile de reconnaître la journaliste et autrice Christiane Collange. Qui n'est autre que la sœur de Jean-Jacques Servan-Schreiber, le fondateur de *L'Express*. Le journal où elle travaille. Christiane Collange oublie de dire qu'elle est partie avec quelques atouts dans sa manche : or à aucun moment ce statut d'héritière ou le rôle des réseaux familiaux ne sont évoqués, ce qui, quand même, a dû jouer dans sa trajectoire. Toi, en 1965, tu as trente-deux ans et cinq enfants entre trois et dix ans. Ton mari gagne sa vie, certes, mais vous n'appartenez pas à la grande bourgeoisie. À part une vague formation de dactylo, tu n'as pas de qualifications, pas de réseau. On peut comprendre que s'imaginer à partir de là un avenir professionnel n'est pas forcément évident...

À un moment de ta vie, tu aurais pu travailler. Tu avais repéré — je ne sais pas si c'était par le réseau de ton mari ou par annonce — un poste d'assistante de direction chez Fiat. Tu avais étudié l'italien et tes nombreux séjours à Venise chez ton amie Alda t'avaient rendue parfaitement bilingue. Pourtant, quand tu en parlas à ton époux, celui-ci y opposa une fin de non-recevoir : si tu postulais à ce travail, délaissant la gestion du foyer, alors ce serait bien simple : il demanderait le divorce. C'est la version que tu m'as donnée de cette histoire. Je n'ai pas osé demander à mon grand-père de me la confirmer. Dans *La femme mystifiée*, Betty Friedan parle de ce cas de figure. Et souligne que, finalement, si leurs épouses passent outre à leur veto, les maris, au final, ne s'en trouvent pas si mal, voire mieux. « Ils étaient parfois tout surpris de leur propre soulagement de ne plus être l'alpha et l'oméga dans la vie de leurs femmes[1] », écrit-elle.

Pourtant, bien plus tard, il fut une époque — brève, certes — où tu sus valoriser professionnellement tes talents. Au début des années 1990, tu abordais alors les rives de la soixantaine, tu travaillas durant quelques mois au Louvre des Antiquaires, sur la rue de Rivoli. Tu y tenais la boutique d'un marchand. Je me souviens de t'y avoir rendu visite avec mes parents. J'avais été émerveillée par l'endroit où se côtoyaient tant de belles choses que je savais coûteuses. Tu trônais là, au milieu de lustres en cristal de Venise, des peintures hollandaises représentant des agrumes et des pichets en étain, des lourds fauteuils Louis XVI que tu n'aimais pas parce que trop massifs.

1 Betty Friedan, La femme mystifiée, trad. Yvette Roudy. Belfond. 2019. P 521

Cela n'a pas duré très longtemps, quelques mois peut-être. Je ne sais pas pourquoi cela a tourné court. Peut-être t'ennuyais-tu : il ne passait pas grand monde dans ce grand bâtiment de dix mille mètres carrés. À l'époque, c'était déjà le chant du cygne. En 1995, la Société foncière lyonnaise, propriétaire du site, commençait à expulser les antiquaires locataires. Ou peut-être préférais-tu acquérir les beaux objets plutôt que les vendre... Toujours est-il que l'aventure fut de courte durée.

Une vingtaine d'années avant cet épisode, en 1973, l'écrivaine anglaise Doris Lessing publie son roman *L'été avant la nuit*[1]. Elle y dépeint quelques mois dans la vie de Kate, femme au foyer d'une cinquantaine d'années. Dans sa jeunesse, Kate a fait le choix du mariage avec un médecin plutôt que celui de l'université, en dépit de ses talents. « Si elle ne s'était pas mariée, sans doute serait-elle devenue quelqu'un d'important dans son domaine ? Maîtresse-assistante, peut-être ? Les femmes ne semblaient pas devenir souvent professeurs[2] », note avec acidité Doris Lessing, s'exprimant via les pensées intimes qui traversent son héroïne.

Or voilà qu'une connaissance de son époux propose à Kate, brillante lusophone, de jouer les interprètes lors d'un congrès. Et c'est alors la panique

1 Doris Lessing, L'été avant la nuit, tard. Marianne Véron. Livre de Poche. 1981

2 Ibid, p. 28

chez elle, comme si des années au foyer avaient congelé ses capacités intellectuelles. La voici comme une mouche face à une vitre : « Quand elle se trouvait réellement confrontée à un travail, même fort banal, largement dans ses cordes, et visiblement pour une période fort limitée, elle se sentait comme une prisonnière sur le point d'affronter la liberté après des années de détention. »[1]

Je ne cherche pas à t'exonérer de tes responsabilités. D'autres que toi ont réussi à franchir le cap. Disons que je vois plus clairement les obstacles qui se dressaient entre ton autonomie et toi. Avant, je ne percevais qu'un brouillard que j'imaginais fait — je l'avoue — de nappes de fainéantise. À présent, je te vois plus comme une alpiniste. Tu as fait une partie de l'ascension. Tu es redescendue à cause du vertige. N'empêche : tu as essayé.

1 Ibid, p. 28

1er mai

Chaque 1er mai, jour de la fête du Travail,
Les gens s'offrent des brins de muguet.
Chaque 1er mai, mon grand-père t'offre
Un flacon de Diorissimo,
Le parfum au muguet de chez Dior.
Pas très communiste, tout ça...
La bouteille d'eau de toilette de 100 ml est à 125 €
chez Sephora.
Note de tête : bergamote, bois de rose
Note de cœur : fleur d'oranger, ylang-ylang, muguet,
lilas, jasmin
Note de fond : santal, civette.
Chaque fois que je vais chez vous
Je m'en pschittte au creux du décolleté.
Mais depuis ta mort,
Le flacon se vide
Et personne ne le remplacera.

Le mois

C'est un souvenir très précis de mon enfance. La phrase peut surgir à plusieurs occasions. Mon grand-père qui fait remarquer que votre frigo est vide. Toi qui as un achat à faire. Cela peut se produire aussi quelques semaines avant Noël. Qu'importent les circonstances en fait, mais te voilà qui dis : « Je n'ai pas reçu mon mois ! » Parfois, tu t'adresses directement à mon grand-père : « Tu ne m'as pas donné mon mois ! »

À chaque fois que cela se produit, ta voix monte dans les aigus, tu enrobes la phrase d'une bonne dose de reproche. Je déteste ça, parce que tu ressembles à une petite fille geignarde. « Le mois » en l'occurrence, c'est la somme que t'alloue chaque mois mon grand-père pour tenir le ménage. Cela comporte les courses alimentaires bien sûr, mais aussi les dépenses — vêtements, activités, fournitures, anniversaires... — liées aux enfants. Mais aussi tes « menues dépenses ». Je sens les muscles de mes épaules se contracter. Je ne supporte pas de te voir mendier de l'argent comme ça. Pire, certains mois, quémander une rallonge. Je croyais alors que c'était de te voir réclamer comme ça qui m'exaspérait. Avec le recul, je me dis que ce qui me mettait en colère, c'était peut-être davantage le fait d'assister à cette scène. De voir ma grand-mère dans la position humiliante de réclamer de l'argent à son mari. D'observer le rapport de forces entre toi et lui se renouer à chaque fois. Peut-être qu'inconsciemment, j'arrivais à entendre l'autre sens de la phrase : « Tu ne m'as pas donné mon moi. » Être privée d'argent, c'est être privée d'autonomie. Ne pas en gagner soi-même réduit déjà votre marge de possibles mais quand on ne vous donne pas celui qu'on vous concède, la corde de la dépendance se resserre encore davantage autour de votre cou...

J'analyse cela a posteriori, car, sur le moment, je ne m'étonnais pas que tu réclames. Alors que cette scène aurait pu être facilement évitée. Mon grand-père aurait pu te faire un virement automatique par exemple. Mais avais-tu seulement un compte bancaire ? Je n'en suis même pas sûre... De ton côté, tu aurais pu prendre mon grand-père à part ou formuler la demande quand nous n'étions plus là. Cela t'aurait évité cette séquence assez humiliante qui nous sautait à tous aux yeux. Je sais ce que diront certains membres de ma famille : que c'était une façon efficace de culpabiliser mon grand-père devant l'ensemble du clan. Voire, potentiellement, de profiter de ce public captif pour gratter une somme un peu plus conséquente.

J'ai une autre hypothèse. Peut-être voulais-tu nous montrer ce qu'il ne fallait pas faire. L'exemple par le contre-exemple. De fait, en te regardant demander cet argent, je me suis toujours juré de ne jamais dépendre financièrement de qui que ce soit. Très jeune, je souhaitais que mes revenus me permettent, le jour où je voudrais quitter mon mari, de le faire sans peur de m'effondrer économiquement. Beaucoup plus tard, peu de temps avant de mourir, tu me diras : « C'est bien que tu gagnes ta vie. C'est très important. » C'était la première fois que tu formulais les choses aussi clairement. Je me suis repassé les mots en boucle dans ma tête parce que je crois savoir le courage qu'il t'a fallu pour les prononcer. À l'époque du « mois », peut-être n'étais-tu pas capable de le faire. Il faut une certaine force pour être capable de dire : « Je n'ai pas choisi le bon chemin. Ne faites pas comme moi. » C'est bien plus difficile de reconnaître qu'on s'est trompé que de s'ériger en exemple, de brandir sa vie comme un modèle à suivre. Et c'est encore plus complexe de concevoir que si nous assumons publiquement nos erreurs, alors nous pourrons permettre aux autres de les éviter. Ton courage aussi, je te le rends.

Dans son documentaire[1], la réalisatrice Michèle Dominici cite le journal intime d'une certaine Francine, mère au foyer dans les années 1960, auquel elle a eu accès. Parlant de son époux, Francine écrit :

---

1 Michèle Dominici, *« L'histoire oubliée des femmes au foyer »*, 2022.

« Il ne se rend pas compte que c'est grâce à moi qui ai renoncé à tout qu'il peut se réaliser. »

Plus tard, dans son commentaire, la documentariste rappelle ceci : les hommes qui sont en ménage avec une femme au foyer gagnent plus et plus rapidement que leurs homologues mariés avec une active. L'écart de salaire peut aller jusqu'à 25 %.

Des années plus tard, j'ai cette histoire du « mois » en tête quand, une fois mariée, je me vois proposer d'ouvrir un compte commun avec mon conjoint. Je refuse. Chacun garde ses comptes séparés. Je n'ai aucune envie que mon compagnon sache comment je dépense mon argent. Pour nos dépenses collectives, nous nous répartirons équitablement les choses. Je garde en mémoire des remarques de mon grand-père sur tes dépenses excessives. Je bataille aussi auprès du banquier qui veut à tout prix que mes comptes soient désormais à mon nom de femme mariée. Je refuse vigoureusement, il s'en étonne. Or pour moi, ce serait comme annuler mon existence économique « pré-mariage ». Il rend finalement les armes après une bonne demi-heure de discussion. En sortant de la banque, j'ai l'impression d'une petite victoire.

Il n'empêche, en me plongeant dans *Capital et idéologie*[1] de l'économiste Thomas Piketty[2], je réalise

---

1 Seuil, 2019.

2 Thomas Piketty, « Capital et idéologie au XXIe siècle », Seuil, 2019, p. 804

que le happy end que je viens de décrire n'est que partiel. Et que ma génération continue de payer le prix du retour au foyer des femmes de ta génération. Selon Piketty, la période 1950-1980 constitue « l'âge d'or du patriarcat ». Et de poursuivre : « Il est évident que nous sortons tout juste de cette période. » Il note qu'en 1970, les revenus monétaires tirés d'activités professionnelles étaient en moyenne près de quatre fois plus élevés pour les hommes que pour les femmes entre 30 et 55 ans. Non seulement les femmes travaillaient moins, mais celles qui étaient actives étaient considérées comme ayant un salaire servant d'appoint à celui de leur conjoint. Il n'était donc pas nécessaire de bien les payer. En résulte une véritable course de fond salariale que nous n'avons toujours pas gagnée. Comme le rappelle l'économiste, en 2015, l'écart moyen de salaire entre hommes et femmes est de 25 % à 25 ans, de 40 % à 40 ans et de 65 % à 65 ans.

La lecture de l'essai de Lucile Quillet[1] confirme que la partie est loin d'être gagnée pour les femmes de ma génération. L'autrice rappelle que si effectivement, nos grand-mères nous incitaient à l'indépendance financière, nous sommes invitées à ne pas nous intéresser à la gestion de notre capital. « Prendre comme compter ne serait pas dans notre nature. Donner, oui »[2], écrit-elle. On nous invite à

1 Lucile Quillet, *Le prix à payer. Ce que le couple hétéro coûte aux femmes*, Les liens qui libèrent, 2021.

2 Ibid, p. 105

nous considérer comme « les nulles de l'argent ». Et tandis que les hommes voient leurs salaires passer dans les achats visibles, qui en imposent (crédit immobilier, voiture...), les femmes « gèrent l'argent qui n'est pas valorisé, celui qui disparaît chaque mois, sans attester sur le long terme de leur ingéniosité, de leur prévoyance, de leur rigueur »[1]. De ma génération à la tienne, le fossé est donc moins large que je ne le pensais. De fait, des comptes Instagram et des newsletters[2] sont désormais spécifiquement dévolus à la gestion financière au féminin. Pourtant, ce n'est que très récemment que j'ai décidé de m'intéresser au sujet pour mon propre compte. A contrario, je me souviens que, si nous moquions ta tendance à la dépense, nous ne nous sommes jamais demandé comment tu tenais le budget d'une famille où rentrait un seul salaire et où il fallait nourrir huit personnes.

---

1 Ibid, p. 111

2 Par exemple, la newsletter et compte Instagram Plan Cash de Léa Lejeune et Morgane Dion (https://plancash.fr).

Pause publicitaire dans les magazines

Publicité Laines du Pingouin (1937)

L'affiche montre une femme rousse aux cheveux courts, coupés à la Jean Seberg mais avec une mèche qui lui fait presque comme un aileron sur le côté. Ses sourcils consistent en deux lignes terriblement fines, comme un coup de pinceau. Sur les lèvres, elle porte un rouge carmin très vif qui fait ressortir les clips verts qu'elle a aux oreilles. La nuance du blush sur ses joues est un peu trop soutenue, on dirait qu'elle a trop bu. Elle est vêtue d'un chandail à vichy vert boutonné jusqu'au col. À sa gauche, le slogan dit « Comme toutes les jeunes filles de France, je tricote "Barcarolle". » On peut supposer que c'est le nom de modèle du chandail.

Tu as quatre ans.

Publicité Ovomaltine (vers 1950)

Le visuel présente une petite fille aux longs cheveux nattés qui se tient dos à nous. Elle porte une robe en éponge à col marin et serre contre elle une poupée, également nattée. Elle est en train de regarder une reproduction (franchement atroce) du tableau d'Élisabeth Vigée-Lebrun, *Marie-Antoinette et ses enfants* (1787). La célèbre toile a été recadrée, si bien qu'elle ne donne à voir que la reine, avec le petit duc de Normandie dans ses bras et Madame Royale. Le dauphin a été éliminé du tableau, tout comme le berceau vide, figurant la mort prématurée de la princesse Sophie, le quatrième enfant de la souveraine. Le slogan dit : « Plus tard, elle veut avoir beaucoup d'enfants. En attendant… OVOMALTINE. »

Tu as dix-sept ans.

Publicité Lou (1955)

Dans le journal, l'image en noir et blanc se découpe en plusieurs vignettes. Sur chacune d'entre elles, le même personnage de ménagère, trente ans, peut-être moins, cheveux courts d'un noir de jais. Elle porte une blouse fermée jusqu'en haut et, pardessus, un tablier avec des fleurs brodées. Sur la première vignette, elle porte un panier de linge et regarde vers nous, l'air désabusé. Sur la seconde, elle a un aspirateur à la main et est saisie dans une posture pensive, la main sous le menton, le coude reposant sur le manche de l'aspirateur. Sur la troisième, elle nous apparaît en plus gros plan et pointe un index triomphant sur sa poitrine. Le texte dit : « Femme d'intérieur, oui ! (il faut bien). Mais Popotte, non ! » Puis, en plus petits caractères : « Comptez sur moi pour chasser la poussière et tout faire reluire. Mais si vous venez me surprendre après le ménage, vous me trouverez fraîche et pimpante. Pas seulement un gentil minois bien poudré. Mais surtout une belle poitrine ferme grâce à un bon soutien-gorge. »

Tu as vingt-deux ans.

Publicité Vittel (1968)

Photo en noir et blanc. Pas de visage. Mais gros plan sur une taille féminine. Deux mains tentent de fermer la fermeture éclair d'une minijupe mais n'y parviennent pas. Le vêtement est visiblement trop juste. Pourtant, à vue de nez, le mannequin n'excède pas le 36. La légende interroge la lectrice : « Menacée votre mini-taille ? » Puis, plus bas en plus petits caractères : « Quelques centimètres de trop ? Rien d'étonnant. Vous mangez vite, mal, vous manquez d'exercice. Que faire ? Boire VITTEL. »

Tu as trente-cinq ans.

Publicité Cuisines Comera (vers 1975)

Un homme et une femme sont assis à la table d'une cuisine. L'homme se sert un verre de vin tandis que la femme est déjà en train de boire le sien. Sur la table, on trouve une grosse grappe de tomates. La nappe est typique des années 1970, parcourue de marguerites joufflues et qu'on imagine taillée dans un mauvais polyester (elle plisse tout le temps, pour peu qu'on bouge un couvert ou une assiette). Quand on observe les lignes de fuite de l'image, on remarque qu'elles convergent vers le visage de l'homme. Celui de la femme est plongé dans une sorte de clair-obscur. La photo est d'ailleurs assez sombre, surtout illuminée par des touches de rouge : un compotier rempli d'oranges, un bouquet de gerberas sur la table, une casserole sur la plaque. Au-dessus de l'image, le slogan dit : « Votre mari vous doit bien une Comera. Après tout, il en profite lui aussi. » Au bas du visuel, en plus petits caractères, on peut lire : « Quand vous travaillez dans votre cuisine, c'est pour votre famille. Il est temps de faire travailler votre cuisine pour vous. Avec Comera. Une cuisine Comera facilite vos gestes, vous fait gagner du temps. [...] Une bonne maîtresse de maison mérite une Comera. Et si votre mari hésite, un conseil : rappelez-lui la voiture qu'il s'est achetée "pour vous" dernièrement. »

Tu as environ quarante-deux ans.

Publicité Crème Babette (2000)

L'affiche donne à voir un corps de femme qui va du cou à mi-cuisses. On ne voit pas son visage. La mannequin a posé les poings sur ses hanches. Elle tient tout un arsenal de cuisine — cuillère en bois, spatule, fouet... — ainsi qu'une toque de cuisine. Elle est vêtue d'un T-shirt rose sur lequel elle a noué un tablier, rose également. Sur le tablier, il est écrit : « Renversée ou brûlée, Babette s'en sort comme une chef. »

Tu as soixante-sept ans.

Fictionnelle

Je te cherche dans la littérature. Instinctivement, mes pas me portent vers Sylvia Plath. Cette poétesse et romancière américaine a écrit sur la maternité, la possibilité de la coupler avec la création artistique, sur la maladie mentale mais aussi sur les arbres et les fleurs qu'elle affectionnait tant. Bingo : elle est née quelques mois avant toi, le 27 octobre 1932. Vous êtes exactement de la même génération. En feuilletant son journal, je tombe sur ces mots écrits à l'hiver 1951, alors qu'elle a dix-neuf ans : « Je ne sais pas si l'art coupé de toute vie normale et conventionnelle peut être aussi vital que l'art relié à la vie : en un mot, le mariage pourrait-il miner mon énergie créatrice, et anéantir ce désir de m'exprimer par l'écrit ou par le dessin — désir d'autant plus fort qu'est intense mon sentiment d'insatisfaction... ou au contraire en me mariant parviendrais-je à m'exprimer pleinement dans l'art aussi bien qu'en créant des enfants ? Ai-je la force de réussir les deux[1] ? » Je

---

1 Sylvia Plath, *Journaux,* trad. Christine Savinel et Audrey van de Sandt Gallimard « Quarto ». 2011. P.862

me demande si cette question t'a, toi aussi, taraudée. Onze ans plus tard, en février 1962, elle évoque la colère que provoque en elle l'irruption d'une voisine dans son bureau. Elle est alors mère de deux jeunes enfants, Frieda et Nicholas, et peine à concilier vie domestique et travaux d'écriture : « forte surprise de ma part, note-t-elle, sentiment d'invasion ». Elle poursuit en disant de son bureau : « C'est mon seul sanctuaire symbolique. »[1] Toi, tu ne t'isolais jamais. Jamais je ne t'ai vue, comme moi, fermer la porte de ta chambre pour t'y retrouver tranquille. Tu étais soit dans le salon soit dans la cuisine. Plus tard, quand tes enfants sont partis, tu n'en as pas profité pour faire d'une de leurs chambres un espace qui n'aurait été qu'à toi. Quand tu peignais, c'était dans ta cuisine. Le domestique et l'artistique se mélangeaient. Peut-être un peu trop. Un an plus tard, le 10 février 1963, Sylvia Plath se suicide en ouvrant le gaz de sa cuisinière. Au préalable, elle a pris soin de calfeutrer la porte de la chambre de ses enfants et d'ouvrir leur fenêtre.

Par ricochet, je tombe sur la poétesse Anne Sexton qui, justement, fut une amie de Sylvia Plath. Mère au foyer américaine, elle se met à écrire après un séjour en hôpital psychiatrique. « Jusqu'à l'âge de vingt-huit ans, mon être profond était comme enseveli, explique-t-elle dans une interview, et je ne savais pas que je pouvais faire autre chose que de la sauce blanche et mettre des couches à des bébés. Je ne pensais pas avoir les moindres ressources créa-

1 Ibid, p. 1207

tives. J'étais victime du rêve américain, du rêve petit-bourgeois de la classe moyenne[1]. » Dans ses poèmes, Anne Sexton raconte son départ en banlieue, notamment dans un poème intitulé « Mari et femme ». Elle a quitté Boston pour une ville située à vingt minutes en voiture : Newton. Elle vit sur la Clearwater Road au numéro 40. Sur Google Maps, la maison en bois blanc et aux volets bleus se situe au beau milieu d'une rue très résidentielle avec ces pelouses typiquement américaines qui dévalent jusqu'à la rue. La route 90 qui permet de rejoindre Boston n'est pas loin. La rivière Charles coule à quelques mètres de la maison. Dans son poème, elle écrit :

> « (...) Nous sommes comme des pigeons...
>
> un couple qui a atterri en banlieue
> par erreur,
> délaissant Boston, où leurs petites têtes
> se cognaient contre un mur aveugle
> ayant usé les étals de fruits de North End,
> les fenêtres améthyste du square Louisburg
> les bancs du parc Common
> et les bouchons de circulation qui s'accumulaient
> s'accumulaient. »

Toi aussi, après ton mariage, tu as quitté la capitale. Tu as vécu à Palaiseau, Gisors, Mazingarbe,

1 Citation extraite de la préface écrite par Patricia Godi pour *Tu vis ou tu meurs, œuvres poétiques* (1960-1969) d'Anne Sexton, trad Sabine Huyhn, aux éditions *des femmes*-Antoinette Fouque. (2022).

puis à Villemomble. Les postes de ton mari puis le nombre de vos enfants ne vous ont pas permis de rester à Paris. Tu l'as regretté, je pense. Sans pour autant avoir aussi mal vécu qu'Anne Sexton ce départ vers la banlieue. Palaiseau, Gisors, Mazingarbe, oui, tout cela, c'était quand même assez loin de la capitale. À Palaiseau, vous habitez dans une résidence toute neuve en haut d'une colline, assez loin des transports. Tu as des enfants en bas âge, pas le permis de conduire. Autant dire que tu ne dois pas beaucoup aller à Paris. Gisors, dans l'Eure, a beau être à la lisière du Vexin, c'est déjà la province. Idem pour Mazingarbe, petite commune du Pas-de-Calais à quelques kilomètres de Lens. Dans ces villes-là, l'horizon n'est pas bien vaste. Souvent une rue principale avec les commerces. Des rideaux qu'une main invisible écarte doucement sur ton passage sans que jamais tu puisses voir le visage de la personne à laquelle elle appartient. La messe le dimanche avec les enfants briqués comme des sous neufs, robes à smocks et babies. Tu sociabilises avec les mères croisées à la sortie de l'école.

C'est d'ailleurs ainsi que tu rencontres Bernadette. Vos filles vont à la même école, Jeanne-d'Arc, à Gisors. Tu viens d'emménager. Tu es une amie d'amie de Bernadette. Cette connaissance commune l'a prévenue : « Elle est nouvelle dans la ville. Elle va être dépaysée. Si vous en avez l'occasion, Bernadette, allez vous présenter ! » L'occasion se présente justement. Bernadette apprend que tu es tombée malade et vient te rendre visite chez toi.

Elle a pris sur elle, car elle est timide, rougit souvent. Et puis elle a été impressionnée par toi lorsqu'elle t'a aperçue à la sortie de l'école. Tu as un visage assez semblable à celui de Micheline Presle, un peu carré, une allure de Parisienne, avec un sens aigu du style. L'amitié est immédiate. Et pudique. Vous n'êtes pas du genre à vous épancher sur vos états d'âme respectifs. Mais, me dit Bernadette, un jour que je lui rends visite chez elle près de Rouen, tu apportes de la beauté dans sa vie. C'est exactement comme ça qu'elle me le dit. Elle me raconte son quotidien de femme d'agriculteur dans la campagne de Gisors et tes venues qui sont « comme de la lumière ». Tu draines dans ton sillage le souvenir de tableaux vus dans une exposition, la description de beaux objets. Tu es là et la pièce s'illumine, les fenêtres s'ouvrent en grand pour faire entrer l'air frais de l'ailleurs. On dirait que ta présence agrandit les horizons. Même si tu ne te défais jamais d'une forme d'inquiétude. L'incertitude de ceux qui, dans leur enfance, ont eu le sentiment de ne pas être aimés. Bernadette me dit que c'est là la différence entre elle et toi. Elle possède cette sérénité, cette assise solide qui te fera toujours défaut et dont l'absence sera comme une ombre — légère mais présente — qu'aucun de nous ne parviendra jamais à dissiper. Tout au mieux à éclipser quelques instants.

Enfin tu t'installes à Villemomble avec ta famille. Les termes peuvent sembler antinomiques pourtant on peut dire que Villemomble est une ville bourgeoise de Seine-Saint-Denis. Limitrophe du Raincy — le Versailles du 93 comme on surnomme la commune — elle abrite de vastes maisons cachées des regards par des grilles. La vôtre apparaît entre deux trouées dans la haie. Elle ressemble à une maison de poupée, surtout à partir du moment où tu décides de la repeindre en rose tendre avec des volets vert amande. Il y a eu de nombreux textes qui évoquent le mal-être de la femme américaine en banlieue. Je ne pense pas que cela s'applique à ton cas. D'abord parce que tu n'es pas loin de Paris : tu habites à cinq minutes à pied de la gare et grâce à la micheline, la capitale n'est qu'à quinze-vingt minutes en train. Lequel passe environ tous les quarts d'heure. Tu vas au Printemps ou aux Galeries Lafayette quasiment toutes les semaines. Ou chez Garance, ta coiffeuse. Tu te rends en salle des ventes, au Louvre des Antiquaires. Villemomble n'exsude pas cette ambiance mortifère des *suburbs* américaines. Et puis, quand tu t'y installes, tes enfants sont déjà plus grands, tu regagnes en autonomie.

De l'autre côté de l'Atlantique, Anne Sexton ne connaîtra pas une fin plus heureuse que Sylvia Plath. Elle se suicide le 4 octobre 1974, avec le gaz d'échappement de sa Ford Cougar. Difficile de passer à côté de ces morts qui, toutes deux, se font par asphyxie. Comme une façon de dire « je n'arrive pas à respirer ». C'est aussi ce qui m'arrête. Certes, je vois des points de rencontre entre ces deux artistes et toi mais leurs fins tragiques m'empêchent de tracer de trop forts parallèles entre vous. Ta vie a eu ses revers, ses déceptions mais elle ne fut pas aussi dramatique, loin de là... Alors qui ?

Il y a bien la mère dans *L'esprit de famille* de Jacqueline Boissard, la saga que j'avais dévorée adolescente. Épouse de médecin, femme au foyer, Mme Moreau est présentée comme un repère pour ses quatre filles, le point d'ancrage de la famille. Mais je trouve le personnage un peu mièvre, sans beaucoup d'aspérités. Une mère exemplaire, d'une douceur presque fade. Non, franchement, j'ai un peu de mal à vous rapprocher. J'aurais l'impression de donner de toi le portrait d'une femme en demi-teintes, terne même, qui n'a pour elle que sa douceur. Oui, elle était un peu cucul, Mme Moreau...

Je ne sais pas comment j'en viens à penser à Marie Cardinal. Dans ma génération, on ne la lit déjà plus. Il faudra un cours sur « l'écriture de soi après 1945 » durant mes études pour que je la découvre. Elle fait partie du corpus de cet enseignement que nous, les élèves, qualifions entre nous de « thérapie de groupe » : à chaque nouvelle session, l'un des membres de la classe fond en larmes. Via les textes des auteurs étudiés, le cours fourrage dans nos inconscients, exhume les blessures d'une enfance pas si lointaine. Que nous déballons allègrement devant nos camarades. Il s'agit d'un « enseignement d'ouverture », façon polie pour notre école de désigner des options nous offrant un semblant de détente après des heures d'économie, de philosophie politique ou de géopolitique. Mais durant ces deux heures, nos esprits tanguent bien plus que durant l'étude de la taxe Tobin ou de la pensée de Tocqueville. La violence des émotions qui nous submergent contraste avec la douceur de notre professeur. Lequel semble d'ailleurs un peu désarmé par les larmes et les émois que suscitent nos lectures en commun, tout en cherchant à nous sortir de notre zone de confort. Pour la dissertation de fin de semestre, il tend à chacun de nous une enveloppe avec un sujet personnalisé à traiter à partir des œuvres étudiées. Je n'ai jamais oublié l'énoncé du mien : « Faut-il s'aimer soi-même pour aimer les autres ? » Je n'ai pas non plus oublié le sujet destiné à mon amie Noëlle : « À quoi rêviez-vous quand vous étiez enfant ? » Ni le regard légèrement brouillé qu'elle me jeta une fois l'enveloppe décachetée. « Je me rends compte qu'enfant, je ne rêvais pas », me murmura-t-elle, passablement ébranlée.

Et donc, entre Luciano Bolis et Sergueï Dovlatov, voilà Marie Cardinal. Plus particulièrement son texte qui fut un best-seller, *Les mots pour le dire*, dans lequel elle raconte son expérience de la psychanalyse et la façon dont celle-ci lui a littéralement sauvé la vie. Je sors chamboulée de la lecture de ce livre simple, limpide et en même temps très direct. Le corps féminin y est décrit sans ambages. La cure sans fioritures ni affection De façon presque scientifique, Marie Cardinal déroule la pelote qui la mène jusqu'à la guérison. Comme de nombreuses femmes, c'est cette lecture qui m'incite, à l'orée de la vingtaine, à pousser pour la première fois la porte d'une thérapeute.

Les années passent. Je ne lis pas d'autres ouvrages de Cardinal qui est, de toute façon, tombée en désuétude depuis un certain nombre d'années. Aussi, je ne comprends pas ce qui, au moment d'écrire sur toi, la rappelle à mon souvenir. Un tour sur Google justifie une première intuition : elle est née en 1928 et n'est donc que de cinq ans ton aînée. Quelques jours plus tard, alors que je trie un monceau de livres dans l'association où je milite, voilà que je tombe sur *Une vie pour deux*[1], l'un de ses romans. Cardinal y raconte la virée en Irlande d'un homme et d'une femme mariés depuis plusieurs décennies. La découverte par le mari du cadavre d'une femme sur la plage va faire tanguer le couple et le voyage d'agrément devient bientôt un voyage intérieur où les vérités trop longtemps tues entre eux jaillissent.

En parallèle de la reconstitution de la vie de la morte, les voilà qui réécrivent les bases d'une nouvelle vie conjugale, plus juste, plus égalitaire. Au gré des pages, je suis frappée par la façon dont Marie Cardinal perçoit avec une acuité — que je n'ai rencontrée jusqu'alors que chez Duras dans *La vie matérielle* — la condition féminine. D'une façon à la fois très sensible et très concrète. Elle raconte la meurtrissure des gaines, l'équilibre précaire des talons aiguilles, les cheveux défrisés à l'acide, autant de tortures quotidiennes destinées à complaire à l'homme. Elle raconte les lignées de femmes qui dressent les plus jeunes dans l'ambition exclusive de devenir épouse et mère. Elle raconte la servitude domestique des lessives, de la préparation des

---

1 Grasset, 1978.

repas, du torchage de nez et de fesses des enfants. Et aussi le désarroi de ces femmes qui marchent avec si peu d'aplomb dans la vie une fois les enfants partis. L'autrice capte magnifiquement ce moment où elles se retrouvent face au vide béant de leur existence. Cela tient parfois en deux phrases à peine. Alors que son époux lui fait remarquer : « C'est toi qui fais ta vie », l'héroïne lui répond avec colère : « Mais je ne sais pas la faire. » Et, dans un autre passage, de lui réclamer : « J'aimerais que nous fassions quelque chose ensemble qui ne soit pas un enfant. »

Je suis violemment touchée par cette voix qui réclame à cor et à cri l'accomplissement et le droit de se délester des oripeaux trop exclusifs de la maternité. Simone — c'est le nom de l'héroïne — parvient d'ailleurs, à la fin du texte, à cette émancipation. Laquelle passe par l'écriture. La voici, « seule avec [son] cahier. Loin de la nourrice. Loin de l'épouse », à découvrir le bonheur d'une solitude temporaire, lui permettant de se rencontrer elle-même.

Je poursuis ma plongée en Cardinalie. Ça tombe bien, une réédition de ses principaux ouvrages est sortie récemment[1]. Une somme de près de deux mille pages où se côtoient romans, autofiction et essais. Je feuillette *La clé sur la porte*, texte dans lequel elle revient sur l'appartement qu'elle partagea avec ses trois enfants adolescents et toujours ouvert aux « chiens perdus sans collier » de leur entourage

1 *Les mots pour le dire et autres romans*, Grasset, 2013.

amical. Cela me fait penser à toi. Ta maison aussi était ouverte aux copains de tes enfants. C'est la force des familles nombreuses : quand il y en a pour huit, il y en a forcément pour dix ou douze. Petite, je me revois errer au milieu des amis de mon oncle, de treize ans mon aîné. Il en est même parmi eux que tu as hébergés un certain temps. Tu les incorporais à la vie de famille de façon désarmante. Je me souviens de Stéphane, resté plusieurs mois chez vous durant son cursus de médecine. Nous sommes au début des années 1990, il me semble. Un jour, il entre dans le salon où mon oncle et moi regardons *Les Simpson* qui viennent de débouler à la télévision française. Il jette un œil dédaigneux à l'écran comme à nos corps avachis sur le canapé et, avant de repartir, lance une remarque sur la stupidité de ce dessin animé. Piquée au vif, outragée même dans mes goûts télévisuels, je m'en vais te rapporter l'épisode. Les poings sur les hanches, tâchant d'attraper ton regard penché sur le plan de travail de la cuisine, je vitupère : « Il se prend pour qui, celui-là ? Alors qu'il est même pas chez lui en plus ! » Sans relever la tête, tu me réponds : « Ah si, ma petite chérie. Il est chez lui… » Me voilà, procureure défaite de douze ans, retournant piteusement à mon canapé et ma série.

Il y a beaucoup de colère chez Marie Cardinal : contre les critiques qui ne savent pas lire son travail et tolèrent chez Michel Tournier un langage cru qu'ils ont du mal à supporter chez elle ; contre la langue justement, résolument du côté des hommes ; contre Georges Marchais, qui dans une réunion du Parti communiste à laquelle elle assiste, explique qu'une fois le grand capital abattu, les femmes n'auront plus de problèmes. Cardinal demande la parole et interpelle le politique : « Ne croyez-vous pas qu'une fois le grand capital abattu, il restera encore pour les femmes un grand capital en caleçon qui s'appelle l'homme ? » Oui, il y a chez elle de la colère mais aussi beaucoup de drôlerie. Il suffit de la voir à la télé. Elle apparaît souvent, engoncée dans un blouson, avec une écharpe dont elle ne se départ pas. Elle fume. Elle a un côté ronchonne sympathique. Mais surtout, comme toi, c'est un *sniper*. Comme toi, elle a le sens du mot qui fait mouche et dégaine les *scuds* les uns après les autres. Dans la presse, elle épingle le réalisateur Yves Boisset qui a adapté son roman *La clé sur la porte* : « un mélange de curé et de parachutiste, vraiment le mec dans toute son horreur — ne pouvant imaginer qu'une femme de 45-50 ans puisse aimer faire l'amour et vivre seule avec ses enfants sans être sous la protection, la tutelle d'un homme[1]. » Sur le plateau d'une émission de Michel Polac, elle réagit à la présentation d'une invitée fraîchement bachelière qui a obtenu vingt sur vingt à l'épreuve de philosophie. « Ça, c'est mauvais signe ! », l'entend-on grincer, alors que son visage demeure hors champ. Une autre fois, sur le plateau d'*Apostrophes*, en 1980, elle rhabille pour l'hiver d'un simple regard vers le ciel Françoise Dorin venue parler de son roman *Les lits à une place*, mettant en scène une improbable colocation dans un hôtel particulier parisien. Écrivaine du quotidien, on sent que Marie

1 In *La vie en rose*. Propos recueillis par Hélène Pedneault (1984).

Cardinal bout face aux fantasmes complètement déconnectés de la brave Françoise Dorin, aussi rose et parfumée que Cardinal est dépenaillée.

Il y a également cette forme hybride, *Autrement dit*, fruit d'un dialogue avec Annie Leclerc. Au gré des discussions, Marie Cardinal évoque aussi bien son enfance en Algérie — elle est issue d'une famille de colons plutôt aisée — que son rapport aux lecteurs, à l'analyse ou à l'écriture. Elle y revient très largement sur la condition féminine, « l'absurdité de leur existence annulée par les usages », sur celles « qui ne savent pas traduire en mots ce que leur corps sait ». Et de poursuivre : « C'est pour elles que j'ai envie d'écrire, j'ai envie de leur passer les mots qui seront des armes. » Je me dis que Marie Cardinal écrivait pour toi. Contrairement à d'autres, je n'ai pas l'impression, alors qu'elle-même a travaillé, qu'elle prenait les femmes au foyer de haut. Bourrue, certes. Mais jamais dans le jugement, toujours dans l'empathie. Elle est toujours du côté du concret, de la soupe à mouliner, du linge qui reste à étendre, des jambes qu'on est sommées d'épiler.

En mai 1984, elle fait la couverture de *La vie en rose*, un bimestriel féministe québécois. Dans l'interview qu'elle accorde à la journaliste Hélène Pedneault, elle cite une phrase de sa grand-mère qu'elle évoquait déjà dans *Autrement dit* : « Si mes tricots pouvaient parler ! », disait son aïeule. Et Marie Cardinal de poursuivre : « Et moi je dis toujours que j'écris le discours des tricots. Parce que ce n'est pas vrai que tu penses au linge en faisant la lessive, ou à la vaisselle en faisant la vaisselle, surtout quand ça fait vingt ans que tu la fais. Merde, tu sais la faire ! Mais à quoi penses-tu ? Voilà ce que j'aime écrire. »

J'aimerais avoir le talent de Marie Cardinal et écrire ce à quoi tu pensais quand tu alignais les mailles du chandail que tu tricotais ou que tu mettais la table. Je ne sais pas s'il s'agissait d'espoirs, de regrets, de souvenirs. J'aurais aimé connaître un peu de ta vie intérieure. Je ne saurais dire si tu en tenais la porte cadenassée ou si c'est moi qui n'ai jamais osé l'entrouvrir. Il me reste tes tableaux pour en avoir une intuition. Et, justement, lors de cette même émission de Michel Polac, le programme s'ouvre sur une critique du film *La maîtresse du lieutenant français* qui vient alors de sortir. Les discours s'échauffent un peu, les invités se demandent si l'héroïne est perverse ou non. Marie Cardinal s'exclame alors : « Elle veut devenir peintre ! C'est comme ça qu'une femme existe : quand elle trouve sa propre expression, elle peut avoir des rapports avec les autres. » Là aussi, j'ai pensé à toi. Comme au cours de mes lectures, j'ai eu le sentiment qu'elle avait dit cette phrase sur mesure pour toi.

Cassandre Huchon, après avoir rédigé un mémoire de master[1] sur Marie Cardinal, prépare une thèse[2] qui lui sera également consacrée. Elle est,

---

1 Cassandre Huchon, *La transcription du corps dans les écrits de Marie Cardinal : enjeux littéraires et politiques*, université Grenoble-Alpes, 2020.

2 « Les mots pour la redire : relecture critique et génétique de l'œuvre de Marie Cardinal », en cours de rédaction. Université de Grenoble-Alpes en cotutelle avec l'université de Montréal.

à ma connaissance, la seule chercheuse francophone à mener un travail d'envergure sur Cardinal. Aussi je la contacte car je m'étonne de la façon dont, en France, l'autrice a été oubliée. Autour de moi, peu de gens de ma génération l'ont lue. Et les rares qui l'ont fait ne connaissent de son œuvre que *Les mots pour le dire*.

Comme Cassandre Huchon travaille au Canada, nous convenons d'un rendez-vous téléphonique via WhatsApp. Quand nos caméras s'enclenchent, un tancarville apparaît au second plan du cadre où elle apparaît. En ce qui me concerne, l'image laisse voir un monceau de linge sur une chaise qui attend d'être plié. Pour évoquer une héroïne du quotidien, on fait difficilement mieux comme décor.

Cassandre Huchon m'explique le contexte dans lequel écrit Marie Cardinal. « Elle débute sa carrière d'autrice dans les années 1960, un peu en amont du mouvement littéraire que constitue le MLF, avec, notamment, les éditions *des femmes* lancées par Antoinette Fouque. C'est aussi l'époque où émerge le nouveau roman. Or elle se situe en retrait par rapport à ces deux tendances. » Cardinal, elle, fait le choix d'une « écriture accessible, qui évite la tentation du jargon ». La chercheuse la rapproche plus de Georges Perec — « sans toutefois un enjeu formel qu'on peut trouver chez l'auteur de *La vie, mode d'emploi* » — qui s'inscrit dans cette écriture du quotidien. Et puis, contrairement à d'autres autrices, elle récuse le terme de féministe. Dans cette même interview au journal québécois *La vie en rose*, Marie

Cardinal explique bien que, pour elle, « la cause la plus importante est la cause des femmes ». Mais le mot « féministe » lui pose problème : « Les hommes ont besoin de définitions, de références, et quand tu dis "je suis féministe", ça les rassure, ils peuvent te foutre dans le tiroir "féministe" avec une étiquette dessus. Alors que selon moi, les femmes, il faut qu'on foute la merde. »

Selon Cassandre Huchon, le fait que Marie Cardinal ait choisi la forme romanesque rédigée à la première personne explique qu'elle soit tombée dans l'oubli. « Dans les années 1960, explique-t-elle, l'esthétique dominante est plutôt du côté de l'essai, du pamphlet. En optant pour le roman du quotidien avec une femme narratrice, Cardinal utilise une forme "d'arrière-garde" selon les termes de l'historienne du littéraire Audrey Lasserre, car elle repose sur le topos d'une littérature dite "de femmes" où l'intime, le quotidien constituent des domaines soi-disant d'expertise des femmes auteures. » Marie Cardinal s'en plaint elle-même dans plusieurs de ses textes, les critiques de l'époque ont du mal à la classer quelque part. Et pour cause : dans ses œuvres, elle mixe le roman, l'autofiction, l'autobiographie, l'essai... Elle est donc rangée dans la catégorie « autrices de best-sellers » à laquelle on accorde bien peu de crédit. Marie Cardinal, c'est une écrivaine pour « bonnes femmes », qui parle de leurs règles, de leur ventre, de leur sexualité, des tâches ménagères. Trop triviale pour être sérieuse. Cassandre Huchon me parle d'ailleurs d'un universitaire français qui, il y a quelques années, a hésité à mettre Cardinal dans le corpus d'auteurs de son cours. Il y avait finalement renoncé car, expliquait-il, « son écriture était trop crue, trop impudique » et de taxer *Les mots pour le dire* de « énième bouquin de femme ».

De l'autre côté de l'Atlantique, Marie Cardinal bénéficie d'une tout autre reconnaissance. Cassandre Huchon me raconte que ses œuvres sont étudiées à l'université de Sherbrooke à Québec. Sur les quatre ouvrages critiques qui lui ont été consacrés, trois proviennent du monde anglo-saxon. Le seul en français est l'œuvre d'une Franco-Québécoise et a été édité... à Amsterdam.

Le mépris

En secret, je les surnomme les *desperate housewives*. Elles, ce sont les trois femmes avec qui je partage un cours de tennis le lundi matin. Nous avons le même âge, mais pas la même vie. La leur est dépourvue d'activités professionnelles et ça leur va très bien comme ça. Avant d'avoir des enfants, elles ont un peu travaillé. Dans l'entreprise familiale généralement — celle de leur père ou de leur beau-père — où elles effectuaient du secrétariat. Je les observe avec un mélange de curiosité et de circonspection. Je remarque que, chaque semaine, la couleur de leur vernis semi-permanent a changé. Au bout de deux mois, je pense avoir eu droit à toutes les couleurs de l'arc-en-ciel. Quoique habitant en banlieue parisienne, elles se déplacent dans des SUV massifs aux banquettes moelleuses, munis de grosses enceintes qui crachent les derniers tubes de Skyrock ou de Chantefrance. Leur véhicule est leur deuxième maison, elles froncent du nez quand je leur parle du bus qui me dépose au tennis (de toutes façons, ne conduisant pas, je n'ai pas vraiment le choix).

Nous sommes loin d'avoir le niveau de joueuses de Roland-Garros, pourtant elles arborent des jupettes ou des combinaisons dignes de professionnelles du circuit. Tandis que mon fils déjeune de formidables menus à la cantine concoctés par Elior ou je ne sais quel prestataire, elles émiettent leurs journées pour récupérer leurs enfants au déjeuner et sont là à seize heures trente tapantes à la sortie de l'école. Selon l'INSEE[1], en 2011, les femmes inactives (ni étudiantes ni au chômage) représentaient 14,1 % de la population féminine entre vingt et cinquante-neuf ans. Autant dire que, dans mon entourage, mes collègues de tennis constituent une exception. Dans mes amies, je n'ai aucune femme au foyer. Mes compagnes de raquette me paraissent un peu exotiques, sorties d'un autre temps.

Et forcément, elles me renvoient à toi. Sinon qu'à ton époque, la condition de femme au foyer était beaucoup plus généralisée. Elles sont 2,1 millions en 2013, elles étaient 12 millions en 1957. Il faut dire que l'État vous poussait, toi et tes congénères, à rester à la maison. Au sortir de la guerre, il met en place une politique familiale très dynamique. En 1945, les centre de Protection Maternelle et Infantile (PMI) voient le jour et le quotient familial est instauré. Instituée en 1941, l'allocation de salaire unique perdure : elle double les allocations familiales dès le deuxième enfant. Et puis les Trente Glorieuses commencent à susurrer aux oreilles de

1 https://www.insee.fr/fr/statistiques/1281066.

chacun leur joyeuse mélodie faite de lendemains qui chantent à grand renfort de salles de bain dans les appartements, d'équipement électro-ménager, de soupe en sachet... La bonne mère est celle qui reste à la maison pour s'occuper de ses enfants. C'est de toutes façons ce qu'on vous a inculqué. Dans son journal intime cité par Michèle Dominici[1], Anna l'explique très bien : « Que nous ayons fait des études ou pas, que nous soyons riches ou sans le sou, fonder un foyer était le seul avenir autorisé. Et comme les autres, je m'y suis conformée. »

« Je sais bien que tu me méprises. »

Je me souviens très bien du jour où tu as prononcé cette phrase devant moi. Je devais avoir une vingtaine d'années, j'étais en plein dans mes études, j'allais bientôt embrasser un métier. Évidemment, j'ai nié avec vigueur.

« Si, si, je le sais bien », as-tu soupiré.

Et si je suis honnête, je dois avouer que tu avais raison. Ta situation me paraissait aberrante. Tu avais eu le bac, comment avais-tu pu décider de tout stopper net, de te consacrer à la fondation d'une famille nombreuse, aux tâches ménagères ? Où était ton épanouissement dans les repas à préparer, les lessives à étendre ? Je me souviens m'être étouffée intérieurement le jour où, lors d'un déjeuner de famille, tu avais déclaré qu'il serait normal qu'on crée un

1 Dans « L'histoire oubliée des femmes au foyer », documentaire, 2022.

salaire maternel pour les femmes au foyer. « Tu l'as voulu, assume ! », me disais-je. Tu me faisais penser à ces mères de famille qui, après des années à la maison, décidaient de regagner le chemin de l'emploi et comblaient le vide de leur CV en transformant leurs compétences maternelles en points forts professionnels. Je les voyais passer sur les réseaux sociaux avec leurs accroches pseudo-humoristiques : « gestion des stocks (de couches) » ; « multitâche (prépare le repas tout en vidant une machine) » ; « gestion de crises (de colère) » ; « créativité (élaboration de jeux et de comptines) ». « Au secours ! », pensais-je.

Ce voile de mépris, je l'étendais aussi à mes copines du tennis. Leurs vies me paraissaient peu stimulantes entre les allers-retours de leur domicile à l'école et au centre commercial. Et que se passerait-il le jour où elles auraient envie de se séparer ? Ou si leur mari les quittait ? Et, en même temps, mon ressenti était ambivalent. Dans les moments de fatigue ou d'angoisse, je pensais à elles : je me disais alors qu'il devait être bien agréable de ne pas avoir à se soucier des fins de mois, de laisser à son partenaire la responsabilité de gagner l'argent du ménage. Et puis, une fois les enfants à l'école : le temps libre... Alors, au mépris venait se greffer un soupçon d'envie. Bref, autant dire que ma façon d'envisager tout cela n'était pas très sororale...

Il faut dire que je contemplais la situation d'un point de vue individuel et pas systémique. À ton époque, l'État, les journaux, l'entourage : tout (et tous) conspirent à te faire rester à la maison.

D'ailleurs, quand je regarde les grand-mères de mes amies, de la même génération que toi, de milieu social équivalent — la bourgeoisie moyenne — quasiment aucune n'a travaillé. Betty Friedan[1] note qu'aux États-Unis, « on leur [*aux jeunes filles, ndlr*] enseignait que la Vraie Femme n'a pas besoin de faire carrière, n'a pas besoin de faire d'études supérieures, n'a pas besoin de voter ni de prendre part à la vie politique ; en un mot qu'elle n'a pas besoin de cette émancipation et de ces droits pour lesquels les féministes d'un autre âge s'étaient battues ». Et de délivrer, un peu plus tard, cette éloquente statistique : « autour de 1955, soixante pour cent des femmes abandonnaient l'université soit pour se marier, soit parce qu'elles craignaient qu'un excès de culture les empêchât de trouver un mari. »

Je me dis que, chez toi et tes compagnes de classe d'âge, il y a presque quelque chose de la génération sacrifiée. En effet, avant guerre, vos mères travaillaient. Or, entre 1945 et 1965, les historiens notent bien cette régression du travail féminin. Il est de bon ton, après guerre, que la femme se cantonne à la sphère domestique. Pourtant, dès le milieu des années 1960, le statut de femme au foyer perd de son aura. Un reportage illustre parfaitement ce phénomène.

Il s'agit d'un sujet[2] diffusé en 1964 dans l'émission conçue par Éliane Victor, *Les femmes aussi*.

---

1 *La femme mystifiée, op. Cit.* p. 20

2 « Pour le meilleur et pour le pire », de Gérard Chouchan, 1964.

Le reportage suit les épouses de plusieurs jeunes ménages. Parmi celles-ci, une seule femme au foyer : Géraldine. À vingt-huit ans, elle est mère de Ghislaine, une fillette de trois ans et vit avec son mari dans un grand ensemble d'Antony. Et, très vite, on sent que le journaliste, Gérard Chouchan, ne porte pas sur elle le même regard que sur les autres jeunes femmes qui sont toutes actives.

Première image de Géraldine : elle dit au revoir à son mari sur le pas de la porte le matin. Elle est vêtue d'une grosse robe de chambre molletonnée et arbore une coupe qu'on dirait taillée aux ciseaux, avec des épis dressés sur le crâne. « Sa vie s'écoule au rythme lent et un peu monotone des travaux ménagers, des soins qu'elle donne à Ghislaine et des courses », nous avertit le commentaire. Qui se fait de plus en plus laconique. L'image nous montre Géraldine repliant le canapé-lit du salon : « Il est neuf heures. » Géraldine passe l'aspirateur : « neuf heures trente » nous prévient la voix off. Géraldine se faufile entre les étals : « Il est dix heures. Le vendredi, jour de marché, c'est presque un évènement pour Géraldine. Elle en profite. » On retrouve la jeune femme dans sa cuisine en train de préparer le déjeuner de sa fille : « Midi » annonce le commentaire qui se mue définitivement en horloge parlante. La vaisselle : « une heure ». Le repassage : « deux heures »... La journée se poursuit ainsi et son visionnage donne clairement envie de se pendre. Une envie accentuée par la pauvreté délibérée des commentaires, le noir et blanc du sujet ainsi que par l'absence d'interaction de Géraldine avec des adultes. Seul le babillage de

Ghislaine auquel sa mère répond avec un entrain un peu forcé vient rompre le sentiment de déprime. Interviewée, Géraldine justifie son choix, dit sa joie de voir grandir sa fille. On sent le journaliste peu convaincu. « Vous ne pensez pas qu'une femme puisse s'accomplir à la fois sur le plan de sa propre personnalité de femme au travers d'un métier tout en étant mariée ? » Géraldine pointe le problème : « J'aurais été une jeune fille avec une carrière passionnante, je comprends qu'on puisse se réaliser à travers ça. Mais avoir été comme moi une simple employée de bureau, ce n'est pas tellement folichon. Et si je recommence, je n'ai pas les moyens de faire autre chose. Vous comprenez, je n'ai pas... Non, je n'ai pas eu les moyens, ni en tant qu'instruction, ni... Et puis je n'y ai jamais tâté. Alors c'est pas maintenant, à vingt-huit ans, que je vais commencer à embrasser une carrière. Je ne pense pas... » Le journaliste ne relève pas. Pourtant la jeune femme pointe bien l'impossibilité de se « remettre en selle », de se voir ouvrir d'autres perspectives quand on vient d'un milieu social modeste. Ce n'est pas tant que Géraldine ne veut pas retravailler. Mais c'est plutôt que les possibilités d'épanouissement professionnel lui semblent maigres étant donné sa formation et son absence de réseau. Mais ça, le journaliste ne semble pas l'entendre.

Les choses ne s'arrangent guère par la suite. La caméra accompagne Géraldine lors de l'entrée en maternelle de sa fille. On la suit dans la cohue de la rentrée, au milieu de gamins hilares qui font coucou à l'objectif. Puis on retrouve la jeune mère de famille, s'éloignant de l'école, absolument seule. « "Pour moi, ça ne change rien", m'a dit Géraldine », nous expose le journaliste évoquant le fait que, désormais, elle passera des journées sans sa fille. Avant de poursuivre : « Mais je ne peux pas affirmer que le ton était très convaincant. » L'angle est donné : haro sur la femme au foyer qui, en ce milieu des années 1960, commence à déchoir de son piédestal.

Tu as toujours souffert du manque de reconnaissance de ton statut. J'imagine aussi le sentiment que toi comme d'autres avez pu éprouver d'avoir été flouées. On vous vend le package de la ménagère, on vous incite vivement à vous y engouffrer et puis, une décennie après, voilà qu'on remet en cause votre mode de vie. Une critique qui ira crescendo dans les années 1970 avec les mouvements féministes qui ne feront que te répéter que tu t'es trompée. Dans le premier numéro de *Le Torchon brûle*[1], le journal édité par le Mouvement de libération des femmes (MLF) au début des années 1970, une femme rédige une « Lettre au monstre qui est en moi » :

> « **TU N'ES RIEN parce que :**
> On t'a élevée dans l'idée qu'une femme est une ménagère-puéricultrice, destinée au bonheur de l'Homme, gardienne de Son foyer et de Ses enfants.
> [...]

1 Les numéros du *Torchon brûle* publiés entre 1971 et 1973 sont consultables sur http://cras31.info/spip.php?article841.

> TU ES SA COMPLICE en soutenant le concept de famille par ton silence, ou par ton autorité sur les enfants quand tu veux à ton tour compenser l'oppression dans laquelle Il te maintient et les maintient. »

Que fait-on quand on voit son mode de vie, celui dans lequel on s'est coulé depuis une quinzaine d'années, dénigré ? Certaines s'engouffrent dans la brèche, s'examinent, passent au crible leur existence pour la remodeler. Forcément, je repense à Marie Cardinal, pour qui la libération passe notamment par le biais de la psychanalyse et de l'écriture. Dans son roman *Une vie pour deux*[1], elle fait dire à son héroïne : « J'ai été si méthodiquement, si rudement dirigée vers la femme et la mère que je ne sais même plus si je voulais vraiment ça ou si on me l'a fait vouloir. Je crois que je le voulais, que j'en avais le désir physique, physiologique, instinctif, animal. Mais je ne savais pas que ce désir allait m'engloutir à ce point. Au point de m'annuler moi [...]. » Je pense à Annie Ernaux, ta cadette de sept ans qui écrit dans son journal intime[2] : « J'ai peur de m'installer dans cette vie calme et confortable, d'avoir vécu sans m'en rendre compte. » La différence c'est que Marie Cardinal comme Annie Ernaux ont un métier : elles sont enseignantes. Elles sont sans doute mieux armées que toi pour gagner en émancipation.

---

1 Marie Cardinal, Une vie pour deux, Grasset. 1978. p. 220

2 Cité dans *Les années*, Gallimard, « Folio », 2010.

Je n'ai jamais parlé avec toi des mouvements féministes parce que tu te vantais de ne pas l'être. Pourtant, je crois que les choses sont plus compliquées que ça. Tu n'y as pas été frontalement, mais il me semble qu'au fil des années, tu as trouvé des biais pour gagner un peu en indépendance, t'ouvrir au monde. Cela s'est juste fait pianissimo et de façon plus feutrée.

La stratège

Quand je pense aux femmes au foyer de ta génération, je pense à Samantha, l'héroïne de *Ma sorcière bien-aimée*. Créée en 1964, cette série américaine relate le quotidien d'une sorcière malicieuse et futée, mariée à un humain assez banal. Le couple habite dans une banlieue résidentielle. Le mari travaille dans une agence publicitaire tandis que Samantha s'occupe de la maison et de ses enfants, Tabatha et Adam. Son époux lui interdit formellement d'utiliser ses pouvoirs magiques. Commandement que bafoue évidemment l'héroïne à chaque épisode.

Longtemps, je t'ai perçue comme une victime. Tu n'avais pu ou voulu monter dans le train du féminisme des années 1970 ? Eh bien tu en subissais les conséquences. Mais, en examinant ton parcours et celui d'autres femmes, je me dis que les choses sont sans doute plus nuancées. Et que Samantha constitue une bonne métaphore de ce que vous viviez : la société vous enjoint de ne pas faire usage de vos talents, de vous cantonner à la sphère domestique.

Malgré tout, vous trouvez des chemins détournés pour exercer votre liberté.

Chez toi, je vois plusieurs endroits où cela s'est exprimé. Le premier, c'est au travers des voyages. Ton mari étant amené à se déplacer à travers le monde pour son travail, tu as pris l'habitude de l'accompagner. C'est d'ailleurs un point de ton parcours qui m'a longtemps choquée. Tu n'hésitais pas à partir en laissant à ma mère, alors à peine âgée de seize ou dix-sept ans, la charge de sa fratrie. À elle de faire tourner la maison, préparer les repas avec la somme (visiblement pas très élevée) que vous leur laissiez à votre départ, de gendarmer les cinq autres enfants dont les âges s'échelonnaient entre trois et quatorze ans. Je dois avouer que cette histoire m'a sidérée pendant un bon moment : tu prenais le large en laissant le gouvernail à une lycéenne... La responsabilité que cela faisait peser sur une adolescente me semblait aussi énorme que ta légèreté... Alors oui, je pourrais m'en tenir à ça. Et c'est d'ailleurs ce que j'ai longtemps fait : tu étais une drôle de mère. Ou plutôt, tu ne l'étais pas vraiment pour filer ainsi en laissant tes enfants se débrouiller : « Allez, salut ! À dans une semaine ! »

Et puis je regarde ma mère. Ma mère qui a élevé cinq enfants tout en menant une brillante carrière. Ma mère qui est capable de cuisiner pour cinquante personnes sans que cela lui semble un tour de force. Ma mère toujours en mouvement, toujours investie, qui fait l'admiration de tous. Et je me demande si, en contrebande, tu ne lui as pas donné les clés d'une autonomie version XXL. En tous les cas, elle me confirme un jour, au détour d'une conversation, qu'elle adorait ces moments où vous partiez et où elle se retrouvait cheffe absolue de la fratrie.

Ne nous méprenons pas. Je ne pense pas du tout que tu te sois levée un matin en te disant : « Eh, j'ai une idée géniale. Si je partais à l'autre bout du monde durant une semaine ou deux, histoire d'apprendre à mes filles aînées à se débrouiller dans la vie ? » Cela a été beaucoup plus inconscient que ça. N'empêche, de façon brutale et assez radicale — il faut bien l'avouer — tu leur as fourbi les armes de leur autonomie. Un cadeau maladroit, mais un cadeau quand même... Mais je ne suis pas naïve non plus : le cadeau, c'est aussi à toi que tu le faisais. Avec ton mari, tu as visité le Japon, l'Australie, les États-Unis... Je me souviens de ton récit émerveillé du Philadelphia Museum of Art. De ta découverte de Sydney. Tu as voyagé bien plus que les femmes de ta génération et que moi-même...

Paradoxalement, il me semble que ta liberté passait aussi par le tricot. Plus jeune, je me vantais d'être absolument incompétente en travaux manuels. Ma mère et toi aviez pourtant essayé de m'enseigner le tricot ou la broderie. Sans succès : je bricolais quelques mailles maladroites et abandonnais. Même un simple canevas, je ne parvenais pas à le terminer. Plus tard, je m'enorgueillis de ne pas savoir recoudre un bouton et d'effectuer les ourlets des pantalons de mon fils à l'agrafeuse. Les travaux d'aiguille m'apparaissaient comme le summum de l'aliénation, l'incarnation même de la femme bien sage, bien docile, priée de faire marcher ses doigts plutôt que son cerveau. Merci mais ce serait sans moi.

Et puis, quand j'accouchai de mon fils, tu m'offris un panier en osier. À l'intérieur, tout un trousseau en laine vert d'eau. Il y avait là un petit cardigan, une salopette, une veste, un bonnet... J'ai regardé le travail minutieux, les points délicats, les motifs. J'ai imaginé le temps que tu avais passé à confectionner tout cela et j'y ai vu une indéniable preuve d'amour. Parallèlement à cela, je voyais autour de moi les filles de ma génération s'enthousiasmer pour le tricot ou la broderie. Lors de nos rencontres au café, nos discussions étaient désormais ponctuées par le cliquetis des aiguilles. Au fil des jours, je voyais des écharpes naître sous leurs doigts, des pulls se dessiner. Je percevais l'état étrange dans lequel les plongeait cette activité, quelque chose de méditatif qui les rendait à la fois présentes mais aussi immergées dans un monde qui n'appartenait qu'à elles. A nouveau, je compris que je m'étais trompée sur ton compte. Le tricot n'était pas qu'un accessoire de la panoplie du parfait ange du foyer, c'était bien autre chose. C'était la possibilité de créer mais aussi de voler du temps, de t'immerger dans ton intériorité.

Et puis il t'inscrivait dans une histoire dont je n'avais pas connaissance. Dont je n'avais jamais pris conscience. Elle me fut dévoilée à la lecture d'un ouvrage étonnant, « Le pouvoir du tricot » de

Loretta Napoleoni[1]. Dans son livre, l'autrice évoque les femmes des colonies britanniques, qui, pour boycotter les lainages anglais fortement taxés, lancent un mouvement de tissage artisanal. Elle raconte, durant la guerre d'indépendance américaine, le rôle capital des femmes tricotant pour les hommes envoyés au front : « elles traversent les lignes ennemies pour apporter des chaussettes et des gants au mari, aux enfants et aux petits-enfants, aux gendres, frères et amis ; elles tricotent des couvertures pour les soldats à partir de laine recyclée, de vieux pulls, de manteaux et de chapeaux ; elles passent clandestinement des pelotes de laine pour filer en cachette et ensuite tisser et tricoter tout ce dont on pouvait avoir besoin au front. »[2] Elle revient aussi sur les tricoteuses de la Révolution Française qui revendiquent le droit de prendre part aux débats publics.

Je t'imagine fronçant du nez, toi, la femme de traditions qui n'a jamais appelé de tes vœux le Grand Soir, devant cette filiation — je serais tentée d'écrire « fil-iation » que je te propose. Il n'empêche : que tu le veuilles ou non, c'est une chronologie dans laquelle tu t'inscris. Et, peut-être, te serais-tu reconnue davantage dans cette phrase de Napoleoni, racontant sa pratique du tricot dans les milieux féministes des années 60 : « Pour nous, les aiguilles et le crochet représentaient des armes supplémentaires

---

1 Loretta Napoleoni, *Le pouvoir du tricot, retisser nos liens dans un monde désuni*. Trad Patrizia Sirignano. Albin Michel. 2022

2 *Opus cit.* p. 58-59

dans la bataille pour notre indépendance, pas tant à l'égard des hommes mais contre le capitalisme, cette forme ultime de domination. »[1]

Alors là, je t'imagine lever carrément les yeux au ciel. Me prier de ne pas plaquer sur toi mes fantasmes. Le capitalisme, tu n'avais absolument rien contre, confèrent les sommes que tu laissais régulièrement au rayon prêt-à-porter des Galeries Lafayette. Aussi je cède la parole à la cinéaste Dominique Cabrera. Je l'interviewe un jour au sujet d'une exposition de broderies féminines contemporaines dont elle est l'instigatrice. À cette occasion, elle m'explique que « la broderie est sans prix parce qu'on y passe énormément d'heures. Avec ce temps, on fait pour soi quelque chose de luxueux, sans avoir d'argent et sans être dans la consommation. C'est une reconquête de la beauté sans avoir à acheter. » J'imagine que le propos vaut aussi pour le tricot. Avec tes aiguilles, tu revendiquais un espace non marchand où le don et le beau prévalaient. Dominique Cabrera ajoute que ces travaux d'aiguilles donnent à voir « une plongée dans l'imaginaire de femmes qui nous disent où elles en sont à un moment de leur existence ». Évidemment, tes tricots parlaient de toi.

Et puis il y a eu une discussion aussi brève qu'essentielle que nous avions eue il y a une dizaine d'années. Elle témoigne aussi, je crois, de ce souci

1 *Opus cit.*, p. 104

de liberté qui t'animait. Pas seulement pour toi mais aussi pour les autres. Mon fils devait avoir six ou sept ans et, depuis quelque temps déjà, la question d'un deuxième enfant se posait. Je me sentais tiraillée. D'un côté, je n'éprouvais pas l'envie irrépressible d'avoir un autre bébé. Mais, de l'autre, je voyais ma famille où la carte de famille nombreuse était quasi la norme. Sans compter l'impératif social que nombre de personnes plus ou moins proches se chargeaient de me rappeler : un enfant unique, « ce n'est pas bon ». Au pire cela donne un être tyrannique et égoïste. Au mieux cela donne un enfant neurasthénique, englué dans sa solitude de singleton. Avoir des frères et sœurs, « au moins un quand même », c'est important. De nature angoissée, je me retrouvais complètement perdue, incapable de faire la différence entre ce qui relevait de mes aspirations profondes et ce que je pensais devoir être pour me conformer au modèle familial exigé.

Je m'en ouvris à toi. Tu étais justement penchée sur ton tricot. Tu n'as même pas levé les yeux sur moi. Tu ne t'es pas interrompue dans ta tâche. Tu m'as juste dit : « Tu es heureuse comme ça ? »

Je t'ai répondu par l'affirmative. J'aimais notre « toute petite famille », comme je l'appelais.

« Eh bien dans ce cas-là, je ne vois vraiment pas pourquoi tu te tortures l'esprit », as-tu rétorqué.

La phrase en soi n'avait rien de révolutionnaire. Et pourtant, d'un coup, elle m'enleva dix kilos de ce poids que je trimballais sur les épaules depuis un moment déjà. Que toi, la mère de famille de six enfants traditionnelle, tu n'aies trouvé rien à redire à mon choix, cela m'a apaisée. Il ne s'agissait pas de validation. Plutôt de reconnaissance.

Grâce à ta phrase, je me suis sentie autorisée.

Papiers glaçants

La petite fille est mortifiée. Elle se tient sur la plage aux côtés de sa mère. Entre elles deux, un exemplaire du magazine *Elle* est ouvert sur la page d'un concours. L'illustration montre une femme plantureuse et l'enjeu du concours est le suivant : il faut rédiger un texte mettant en avant les avantages et les inconvénients d'être une femme grosse. La mère, c'est toi. La petite fille, c'est ma tante qui, à cinquante ans de distance, me raconte la gêne que cette proposition du journal avait suscitée chez elle. À l'époque, tu commençais à prendre du poids et ma tante, quoiqu'à peine âgée d'une dizaine d'années, ressentait douloureusement la façon dont ce concours imbécile te stigmatisait.

L'anecdote ne me surprend pas. Je feuillette sur le site de la BNF des archives du magazine *Elle* datant du début des années 1950 et il faut bien admettre que c'est édifiant. Plus encore, je dois reconnaître que je suis tombée de ma chaise. Dans mon esprit, de façon très naïve sans doute, le journal fondé par

Hélène Gordon-Lazareff en 1945 avait vraiment été un vecteur d'émancipation dans l'après-guerre, marquant un renouveau dans l'histoire de la presse féminine. Or on est bien loin du compte.

Parmi ces archives, je me focalise sur l'année 1951, celle de tes dix-huit ans. Et, à la lecture, plusieurs choses me frappent. La première déjà pointée par Anne-Marie Lugan Dardigna[1], c'est l'absence quasi totale de sororité. Les autres femmes sont perçues comme des ennemies. Il faut s'en méfier, déjouer leurs perfidies pour triompher dans cette lutte d'une vie qu'est la conquête (et surtout la conservation) d'un homme.

C'est ainsi que dans un article intitulé « Vous êtes une de ces trois femmes[2] », la journaliste Marianne Andrau s'amuse à dresser le portrait-robot des jeunes filles de quinze ans, des jeunes femmes de vingt-six ans ainsi que des femmes de quarante-quatre ans. L'ironie pointe sous la plume de l'autrice, on le sent. Néanmoins, je ne peux m'empêcher d'éprouver une forme de malaise. Au sujet de celles de vingt-six ans, elle écrit quant à leur rapport aux hommes : « Elles les préfèrent de beaucoup aux femmes. Ils sont plus loyaux, plus sympathiques. » Les femmes ? « Elles les voient toutes comme des rivales éventuelles. » À noter que les femmes les plus dangereuses sont « les

1 Anne-Marie Lugan Dardigna, *Femmes-femmes sur papier glacé*, La Découverte, 2019.

2 *Elle*, numéro du 23 avril 1951.

femmes libres qui ont déjà été mariées ». On imagine la tentatrice, en embuscade permanente, pour mettre la main sur l'époux. D'ailleurs, le courrier du cœur tenu par Marcelle Ségal regorge de lettres de lectrices éplorées dont la « meilleure amie » tente de faire main basse sur le conjoint. Non, décidément, il ne faut faire confiance à personne... Et encore moins aux personnes de son propre sexe.

Le feuilletage de ces magazines donne aussi à voir une femme sous le contrôle moral de la société. Une femme-enfant qu'il faut sans cesse gourmander, remettre dans le droit chemin, à coup de petites tapes sur les doigts. Dans le numéro du 9 avril 1951, Marcelle Ségal consacre sa rubrique du courrier du cœur aux « filles qui jouent avec le feu », à savoir pour qui la virginité au mariage ne représente pas une fin en soi. La journaliste sous-titre son article « Vierges sages contre vierges folles ». Tout est dit. Colette qui lui écrit que « la nécessité impérative de la vie sexuelle est naturelle chez la jeune fille comme chez le jeune homme » se fait vertement rembarrer : « cette sexomanie 1950 est une mode qui passera », assure Marcelle Ségal. « On reconnaîtra bientôt que le laisser-aller sexuel fait autant de détraquées que le refoulement. » A contrario, elle applaudit une lectrice qui raconte s'être fiancée à dix-huit ans mais, en raison de la captivité de son promis, a dû patienter jusqu'à ses vingt-cinq ans pour se marier. « Nous avons su attendre », précise la jeune épouse qui arriva donc immaculée à l'autel. « Et mère Nature ne vous a châtiés ni l'un ni l'autre », se félicite Marcelle Ségal.

Mais cette infantilisation doublée de culpabilisation ne s'applique pas qu'au champ sentimental et sexuel. Elle s'exprime aussi dans d'autres domaines de la vie de la lectrice. Dans un article consacré à l'orgueil[1], Françoise Giroud écrit : « Il y a peu de vraies orgueilleuses parmi les femmes. C'est peut-être pour cela qu'aucune grande invention n'est jamais née dans un cerveau féminin [...]. La sécurité les tente plus que la conquête. » Ce serait quand même dommage d'inciter la lectrice à voir un peu plus loin que le couvercle de son fait-tout... Quelques semaines plus tard, un autre morceau d'anthologie : dans l'édition du 4 juin, Yves Grosrichard signe un article au titre accusateur : « Si vous, ou vous, ou vous ne votez pas, vous êtes coupable ! » Deux semaines plus tard se tiennent en effet les élections législatives. Et notre ami Grosrichard tance vertement la lectrice qu'il soupçonne d'être peu encline à remplir ses devoirs de citoyenne... « On les empêcherait de voter, elles trouveraient des journées entières pour participer à des meetings ou à des cortèges de protestation, peste-t-il. Elles ont le droit de voter, et du coup elles ne peuvent pas extraire un quart d'heure de leur précieux emploi du temps. » Et une petite louche en plus sur le prétendu esprit de contradiction des femmes. Ces êtres qui veulent toujours ce qu'elles n'ont pas et qui, une fois qu'elles l'ont obtenu, le dédaignent... On notera que l'auteur s'adresse aux lectrices à la troisième personne, comme si elles n'étaient pas là, à lire ces lignes. Preuve que c'est bien moins le fait

---

1 Numéro du 2 avril 1951.

de leur parler qui lui importe que de se vautrer sur une double page pour y exposer son point de vue...

Et quel point de vue. C'est un véritable festival. « Depuis 1945, les femmes ont été gâtées. Chacune d'entre elles a eu l'occasion de voter au moins dix fois », note-t-il. Monseigneur est trop bon de vous accorder un droit dont, pour rappel, les Australiennes bénéficient depuis 1901, les Finlandaises depuis 1906, les Russes depuis 1917, les Allemandes depuis 1918... Puis en quatre points, le brave monsieur explique pourquoi les femmes abstentionnistes sont encore plus fautives que les hommes : « 1/ Parce qu'elles n'ont pas le droit de mépriser ce qu'elles ont si longtemps réclamé. 2/ Parce qu'elles passent pour moins sérieuses que les hommes et qu'elles ont là une bonne occasion de faire la preuve du contraire. 3/ Parce qu'étant plus nombreuses que les hommes, elles pourraient, si elles votaient toutes, imposer leurs volontés [...]. » Et enfin, pompon sur l'isoloir : « 4/ Parce qu'en fait les problèmes essentiels qui se posent actuellement en France [...] sont des "problèmes de femmes" beaucoup plus que des problèmes d'hommes. » Autant dire qu'à ce stade de consultation des archives de *Elle*, mes yeux saignent... Et pourtant, je ne m'en suis tenue qu'à quelques numéros de l'année 1951...

Et en même temps, ai-je été mieux lotie dans mes lectures de la presse féminine, quarante ans plus tard ? À première vue, je serais tentée de dire que oui. Je me souviens, dans *Elle* justement, des articles de Marie-Françoise Colombani sur les femmes afghanes, de ceux de Dorothée Werner sur le monde du travail. Dans *Marie Claire*, il y avait les incroyables interviews fleuves de Michèle Manceaux qui semblait prendre un malin plaisir à plonger dans les tréfonds de la psyché de ses sujets. Leur lecture valait tous les cours de journalisme du monde sur l'art de l'entretien. Il y avait aussi les articles un peu farfelus de Caroline Rochmann qui étaient à mourir de rire. Sans compter le cahier sexe de l'été que ma mère prenait soin de dissimuler à nos chastes regards en le cachant entre deux piles de T-shirts dans sa penderie mais qu'on dégottait toujours et que nous consultions avec autant de fascination que de sidération. Plus tard il y eut *20 ans* qui maniait un second degré quasi inexistant dans le reste de la presse féminine et que nous lisions et relisions sans nous lasser au seuil de l'adolescence. Parce qu'il nous parlait sans fard d'un rivage que nous peinions à aborder.

Alors oui, il y avait tout cela. Mais il y avait quand même encore du boulot. Chez toi, je me plongeais avec délectation dans la lecture du *Figaro Madame*, pour la page des Triplés : les aventures de ces trois bambins, pub vivante pour la marque Cyrillus. Mais, en fait, ce qui me fascinait, c'était leur mère, tellement blonde, tellement fine, tellement belle. À sept ou huit ans, je ne me demandais pas pourquoi la figure paternelle était totalement absente de cette petite bande dessinée et je ne voyais aucun problème à ce que ce soit cette mère qui assume la totalité des tâches éducatives. Plus tard, il y eut aussi cette publication annexe du *Elle* qui dura quelques années. Elle s'intitulait *Elle top models* — j'ai grandi en plein dans l'ère de ce qu'on appelait les « supermodels » — et glorifiait les Claudia Schiffer, Naomi Campbell et autres Cindy Crawford aux corps parfaits. De toutes façons, la presse ne nous proposait que ça : des corps parfaits...

Dans *Elle top models*, Claudia Schiffer nous expliquait que son plus grand défaut était d'être perfectionniste (ou tout autre qualificatif qui, en fait, est un « faux défaut »). Bien sûr, on en rigolait, on se rendait bien compte que ce genre d'interviews où ces filles sublimes disaient adorer manger des burgers, ne jamais faire de sport, le tout en conservant une taille 34, étaient des interviews en carton. Néanmoins, le poison faisait son chemin. Devant la glace, on pinçait nos bourrelets avec amertume, on se traitait de grosses vaches et on se persuadait que tout était question de volonté et que, décidément, nous appartenions à la catégorie des faibles, des molles... Les choses se sont un peu arrangées depuis. Les magazines mettent (de temps en temps) en une des corps un peu moins normés. Surtout, de nouvelles revues ont fait leur apparition, rappelant aux historiques qu'il serait temps de bouger un peu. Quoique... Il y a quelques mois, je tombe sur une interview dans *Elle* de Penelope Cruz[1]. Laquelle explique que ses enfants n'auront pas droit au portable avant leurs seize ans. La phrase est mise en exergue. C'est dire son importance. La lectrice est censée comprendre que Penelope Cruz nous délivre sa sainte parole éducative et qu'il serait bon de s'en-

1 Interview de Clémentine Goldszal, novembre 2021. Consultable sur elle.fr : https://www.elle.fr/Loisirs/Cinema/News/Passion-Penelope-Cruz-l-actrice-se-livre-sur-le-cinema-l-amour-et-les-enfants.

gager, à sa suite, sur le chemin de la maternité exemplaire. Tout en levant le nez du journal pour jeter un œil sur mon fils de treize ans lâché sur TikTok, je ne peux m'empêcher de sentir, sur ma nuque, le léger coup de massue asséné par la culpabilité.

Dans les années 1990, un épisode semblable nous avait réunies toutes les deux. Toute la famille se retrouve dans un chalet loué pour l'été en Autriche. Je suis sur la terrasse avec toi et tu feuillettes le *Elle* de la semaine. Dieu sait comment tu as réussi à mettre la main dessus au fin fond du Vorarlberg... Peut-être ma mère ou l'une de ses sœurs l'avait-elle emporté dans sa valise. Le numéro célèbre les exploits sportifs de Marie-José Pérec et propose une interview de l'athlète. Au beau milieu de ta lecture, tu pousses un « Oh ! » qui me fait sursauter. Tu me lis le passage qui a provoqué ton exclamation. Je ne me souviens plus de la phrase exacte, je n'ai pas retrouvé l'interview en question mais en substance, Marie-José Pérec explique qu'elle ne comprend pas les femmes en surpoids. Pour elle, il s'agit de laisser-aller. La phrase me blesse aussi : je suis à peine adolescente et des kilos commencent à s'installer. Toi, elle te fait littéralement sortir de tes gonds. Et pendant une heure au moins, tu t'énerves, t'insurges contre la bêtise de cette affirmation. Tu prends tout le monde à témoin. Ce n'est quand même pas possible de sortir des âneries pareilles ! Grand bien lui fasse à Marie-José Pérec si elle est fine comme une sylphide. Mais qu'elle fiche la paix aux autres ! D'ailleurs, tu vas écrire au journal pour te plaindre. Je ne suis pas sûre qu'au final tu aies rédigé cette lettre. Mais ce jour-là, j'ai eu l'impression que tu nous défendais. Je ne connaissais alors pas l'histoire du concours sur les femmes grosses que ma tante m'a racontée des années après. Peut-être qu'en protestant, tu prenais aussi ta revanche sur cette ancienne blessure.

Du style

Je ne t'ai jamais vue mince. Le corps longiligne que je contemple sur les photos en noir et blanc, je ne l'ai pas connu. Pour moi, tu as toujours eu la taille ronde comme un cerceau, une poitrine qui s'étale sous ton corsage. Je ne sais pas combien tu pèses. On ne demande pas ça à sa grand-mère, on ne demande pas ça aux gens, tout simplement. À vue de nez, je dirais que tu ne dois pas être loin des cent kilos, voire plus. Si je reprends les photos de famille, je vois que tu épaissis de façon progressive, l'air de rien, d'année en année. Tu es filiforme à tes fiançailles, ton mariage. Les grossesses ne semblent pas altérer ta silhouette. Tu dois faire un 38, 40 maximum. En témoignent les robes Balmain ou Dior que je retrouve dans tes placards après ta mort. Aux fiançailles de mes parents, ton visage est plus rond, la taille a gagné quelques centimètres. Un léger embonpoint, tout au plus. Puis, au fil des ans, les kilos s'agrègent. Mais chez toi, les rondeurs se répartissent harmonieusement, elles ne plombent pas une partie de ton corps. Et je n'ai jamais eu le sentiment

— peut-être à tort — que ces kilos te minaient. Si tel est le cas, tu n'en dis rien. Je te trouve belle. À bien y réfléchir, tu es la plus belle de toutes les grand-mères que je connais. Parce que tu as une classe folle.

Bien qu'en dehors des tailles standard, tu trouves toujours de quoi t'habiller. Il faut dire que tu y mets le prix. Au Printemps, quand elles te voient arriver sur leur corner — à l'époque, on dit encore « rayon » — les vendeuses de chez Max Mara et Marina Rinaldi s'affolent. Tu tournes autour des présentoirs, tu regardes longtemps, tu tâtes les étoffes, mais tu n'essaies pas. Tu sais précisément ce qui te va, ce qui va bien tomber sur toi. À la fin, tu paies avec la carte Cofinoga, celle qui n'est débitée qu'un mois après les achats. Cela te permet de gagner un mois sur les réflexions que ne manquera pas de te faire ton mari. Toujours ça de pris...

Je te regarde et, sans le savoir, j'apprends comment on met son corps en valeur, quand bien même il ne répond pas aux canons de cette fin de XXe siècle. Tu ne théorises pas, tu ne me dis pas « vois comment je fais » mais je te scrute et j'emmagasine. Tu ne dissimules pas ta taille mais tu fais blouser les hauts. Tu dégages ton cou et ton décolleté en laissant ouverts les premiers boutons de tes chemisiers. Tu ne crains pas les motifs, paisley, jacquard ou liberty mais tu choisis des couleurs plutôt douces. Je ne t'ai jamais vue en pantalon. Même quand nous allons en famille l'été, faire de la randonnée en montagne, tu portes une ample jupe en jean dont l'ourlet bat contre tes chevilles. Tu ne portes quasiment jamais de noir, éventuellement du bleu marine. Mais du crème, oui, beaucoup. Tu préfères les matières nobles au synthétique, même si tu admets qu'il peut exister de beaux polyesters. Si tu mets un collier, tu ne mets pas de boucles d'oreilles et inversement. Si tu maquilles les yeux, tu ne maquilles pas la bouche et inversement.

Ce n'est qu'aujourd'hui que je perçois l'empreinte que tu as laissée sur moi. Pourtant, elle est palpable depuis longtemps. Quand je commence à gagner ma vie, au début des années 2000, au moment des soldes, je vais chez SportMax, la marque « petits prix » — tout est relatif — de chez Max Mara. Je m'achète une jupe en jean brut à soufflets, une robe noire de soirée. Je suis alors célibataire, je n'ai personne à charge, aussi, c'est mon affaire si je décide de manger des pâtes pour le reste du mois.

À l'époque, je ne fais pas vraiment le lien avec toi, au fait qu'inconsciemment, je m'inscris dans ton sillage. Mais je me rappelle te dire « je suis allée chez Max Mara ». Je veux que tu comprennes que j'ai bien retenu tes leçons. Je veux que tu adoubes ce choix. Ce que tu fais. « C'est de la qualité, tu vas voir. » De fait, la jupe a tenu près de vingt ans avant que ses coutures ne rendent l'âme. La robe est toujours dans ma penderie.

Chez toi, la tenue primait sur la silhouette. Ou plutôt, la tenue « faisait » la silhouette. Je ne t'ai jamais entendue me dire, contrairement à d'autres, « tu as minci ! ». Toi, tu disais « cette robe est vraiment très jolie », « ce pantalon te va bien ». Parfois, tu me surprenais dans tes élections. Le jour où j'ai étrenné une jupe en wax, bleue avec des hirondelles la parsemant, tu as applaudi des deux mains. Comme une enfant, et alors que j'approchais de la quarantaine, j'ai virevolté devant toi pour te montrer « comme elle tournait bien ». Tu as approuvé. C'était quand même étonnant de ta part, toi qui ne jurais que par Laura Ashley, Marina Rinaldi et autres marques bourgeoises, que tu t'enflammes pour un tissu acheté dans une échoppe de Montreuil... Aussi, le jour de tes obsèques, c'est cette jupe que j'ai choisi de porter. C'était ma façon de rappeler que tu étais bien moins conventionnelle que tu ne le paraissais. Quand bien même il n'y avait que moi pour saisir l'allusion. C'était un clin d'œil que je te faisais à toi, par-delà la mort. Qu'il passe par un vêtement me paraissait tout sauf superficiel. Au contraire, il y avait presque quelque chose de spirituel là-dedans. Ce jour-là, mes hirondelles plaquées contre mes jambes, je t'ai regardée t'envoler, mon grand oiseau blessé. Toi qui aimais tout ce qui était léger : les fleurs, les chats et les papillons.

Deux Noël ont passé sans toi. Dans l'intervalle, je suis montée plusieurs fois dans la pièce de ta maison où tes vêtements sont entreposés. Parfois, je les regarde juste, parfois, j'en emporte un ou deux. Une chose me trouble : par certains aspects, je commence à m'habiller comme toi. Je pourrais penser que c'est conjoncturel : la tendance de la seconde main est en plein boom et, l'industrie de la mode étant la deuxième plus polluante au monde, j'essaie, comme bien d'autres, de porter davantage de pièces d'occasion. Mais je crois qu'il y a autre chose. Depuis ta mort, j'achète de plus en plus de corsages, moi qui n'en mettais jamais. Comme toi, je choisis le col en V. Je les prends plutôt dans les tons crème. Bientôt, je n'achète plus que ça, des chemisiers. Parfois, j'en passe un, je me mets devant la glace en passant, autour du cou, le collier de perles que j'ai reçu de toi et j'ai un léger vertige. Je te ressemble davantage. Bon, on n'est pas non plus dans *Sueurs froides* de Hitchcock. Ce n'est pas époustouflant, troublant, mais quand même... Il me semble que c'est comme si, par les vêtements, je cherchais à me rapprocher de toi. Je t'ai fait une place aussi improbable qu'évidente : dans ma penderie. Un jour, la psychanalyste à qui j'en parle me demande : pourquoi vouloir se glisser dans la peau d'une morte ? Mais je ne crois pas que ce soit la bonne question. Pour moi, il ne s'agit pas de me fondre en toi, plutôt de te prolonger. Qu'on me fasse un compliment sur la robe à grandes fleurs bleues ou sur le chemiser crème à rayures que j'ai pris dans ta penderie, voilà ta personne réactivée, tu jaillis au beau milieu de la conversation, tu t'incarnes de façon concrète. D'autant que, même des mois après et plusieurs passages en machine, ton parfum subsiste toujours sur les étoffes. Fragile, oui, mais bel et bien là. Tant que tes vêtements flottent sur mon corps, que je parle de toi, alors tu n'as pas disparu.

La jalousie

Nous partageons ce même défaut. Cette tendance à regarder dans le champ du voisin et à le voir toujours plus vert que le nôtre.

C'était souvent ce qu'on disait de toi : tu n'étais jamais contente. Les autres avaient toujours mieux. Leurs enfants et leurs petits-enfants étaient plus aimables, plus attentionnés. Leur compte en banque mieux garni, leur vie plus belle. On disait de toi que tu avais tout pour être heureuse mais que tu ne l'étais pas. Pour autant, on ne se demandait pas pourquoi. On constatait cette insatisfaction, mais sans jamais la questionner vraiment. On ne cherchait pas derrière la plainte parce que l'entendre nous horripilait tellement qu'on n'avait pas le courage de regarder plus loin.

Mais qui se plaignait en toi ? Nous ne cherchions pas la réponse mais tout le monde autour de toi s'affairait à tenter de te satisfaire. On sentait, chez ma mère et ses sœurs, une sorte de fébrilité à vouloir te contenter. Quelque chose de très enfantin, à t'organiser de belles fêtes d'anniversaire, te choisir les plus beaux cadeaux. Mais ce n'était jamais assez. Il y avait toujours quelque chose qui clochait : le repas au restaurant où elles t'avaient conviée était passable. Tu regardais vaguement l'étole en cachemire et lançais un merci peu convaincu. Je les voyais repartir dépitées. Tout en sachant qu'à la prochaine fête des mères, au prochain Noël, elles reprendraient — vaillantes alpinistes — l'ascension vers ton amour.

Quelle part de toi n'en n'avait pas eu assez ? J'imagine que cela remonte à très loin, à des profondeurs que toi seule aurais pu aborder. Et tu n'as pas pu le faire. La psychanalyse n'appartenait pas à ton milieu. Bourgeois certes, mais peut-être pas assez avant-gardiste pour s'y aventurer. Dans les années 1960-1970, tu n'as pas pris part aux mouvements féministes qui auraient pu t'ouvrir cette porte-là. Antoinette Fouque et les autres, c'était à des années-lumière de ta vie. La révolution s'est faite sans toi et tu t'en félicitais. Du moins, c'est ce que tu disais.

Longtemps, je t'ai utilisée comme contre-modèle.

« Je ne veux pas lui ressembler », c'était ce que je me répétais. J'avais peur d'être, comme toi, pleine d'envie et de regrets. Pourtant, je n'ai pas réussi à y échapper totalement. Chez moi, la plainte est moins aigüe, mais elle existe quand même. Je connais cette petite griffure qui se ravive quand on a le sentiment que l'autre a plus. Je connais cette amertume qui peut remugler pendant des heures, cette insatisfaction diffuse autant qu'indéfinissable qui peut m'envahir brutalement quand j'ai l'impression d'être lésée. Cette impression qu'on me doit quelque chose sans que je sache très bien qui est ce « on », ni même en quoi consiste ce « quelque chose ». Ce que je sais, en revanche, c'est qu'il y a une injustice à réparer. Là encore, impossible de dire précisément laquelle mais je sens au fond de moi que c'est primaire, ancestral presque.

Peut-être parce que tout cela je l'ai d'abord vu chez toi, je suis capable de le regarder chez moi. Je t'en remercie. Ce n'est pas apaisé du tout. Je suis en colère, j'ai honte aussi de ressentir cela. J'ai peur que les autres le perçoivent. Je redoute leur regard sur ce que je suis. Je crains d'être humainement laide. Un jour, une amie m'a dit : « C'est toi que tu fais souffrir en premier... » Un autre m'a conseillé d'accepter : cet être envieux, c'est moi, pour l'instant. Mais il faut compter avec l'impermanence de nos êtres : à un moment, cela changera. Cela ne m'a pas rassurée. Parce que j'ai l'impression que tu n'as jamais réussi à te dépêtrer de cette jalousie. Alors pourquoi m'en sortirais-je mieux que toi ? Aussi je guette les symptômes de la jalousie. Comme une hypocondriaque, je note leur intensité, leur fréquence, les comparant à l'année dernière, à celle encore d'avant.

Une visite à la chapelle de la Cordelle m'a un peu rassérénée. C'était l'été dernier. Je ne vais jamais à la messe sauf quand je suis près de ce lieu, situé à flanc de colline, à mi-chemin du village d'Asquins et de Vézelay en Bourgogne. Il s'agirait de la plus ancienne implantation de l'ordre franciscain en France. Encore aujourd'hui, une poignée de moines y vit, dans une maison située derrière la chapelle. Le matin, je monte à la fraîche pour être à l'office de huit heures avec les pèlerins de passage. Après avoir descendu une volée de marches et être passé sous un porche, on pénètre dans l'édifice. La beauté du lieu tient à son dénuement. Les murs de pierres blanches sont surmontés d'arcatures très simples. Quelques chapiteaux aux motifs floraux ou animaliers surmontent les colonnes. Deux d'entre elles encadrent un autel de taille modeste. On prend place sur les bancs creusés dans la pierre. Ce jour-là, le frère Éric lit un passage extrait du livre des Nombres : Myriam et Aaron, respectivement sœur et frère de Moïse, critiquent son épouse Sephora, car elle est éthiopienne. Et de s'interroger : « Est-ce seulement par Moïse que l'Éternel parle ? N'est-ce pas aussi par nous qu'il parle ? » Dieu surprend cette discussion et envoie la fratrie — Moïse compris — à la tente de réunion. Il appelle alors Myriam et Aaron à l'entrée de la tente et leur reproche d'avoir parlé contre Moïse. Après le départ de Dieu, voici que Myriam se retrouve frappée par la lèpre. Aaron prie alors Moïse d'intercéder auprès de l'Éternel : « Je t'en supplie, mon seigneur, ne fais pas retomber sur nous ce péché que nous avons eu la folie de commettre. » Moïse s'exécute. Dieu lui fait cette réponse : « Si son père lui avait craché au visage, ne serait-elle pas pendant sept jours un objet de honte ? Qu'elle soit enfermée sept jours en dehors du camp ; après quoi, elle y sera reçue. » Myriam est bannie durant une semaine et le peuple hébreu attend la fin de sa pénitence avant de se remettre en route.

Il s'agit donc de l'histoire d'un frère et d'une sœur qui médisent sur le troisième de la fratrie. Eux aussi ont le sentiment d'être lésés, d'avoir eu moins que Moïse. Elle trouve peut-être ici son fondement, la blessure originelle, l'histoire sans cesse recommencée : celle d'enfants qui ont le sentiment que leur père (Dieu) favorise l'un d'entre eux. C'est d'ailleurs le sentiment qui émane du texte. Dieu convoque Aaron, Myriam et Moïse comme un père convoquerait ses enfants fautifs pour leur passer un savon. Il exonère d'entrée de jeu le chouchou (ce qui ne risque pas d'arranger ses affaires avec le reste de la fratrie, au passage) et tance les deux autres, sans dissimuler du tout la préférence qu'il nourrit à l'égard de Moïse. Ce que je ne comprends pas, en revanche, c'est que seule Myriam se retrouve punie. Peut-être parce que, contrairement à Aaron, elle ne s'aplatit pas dès le départ en excuses. Le texte ne mentionne rien qui sorte de sa bouche. Aaron demande grâce quand Myriam, elle, estime que sa jalousie est juste...

Frère Éric, dans son sermon, n'éclaircira pas le fait que seule la femme soit châtiée dans cette histoire. Il établit en revanche un parallèle entre ce texte et un autre, les Admonitions de saint François d'Assise. Dans la huitième, intitulée « Qu'il faut éviter le péché d'envie », François écrit ceci :

> « Qui donc porte envie à son frère à cause du bien que le Seigneur dit et opère en lui, commet un péché

de blasphème, parce qu'il porte envie au Très-Haut lui-même qui dit et opère tout bien. »

Frère Éric reprend alors : « Être jaloux, c'est finalement ne pas reconnaître les grâces que Dieu nous a données. Jalouser, c'est comparer. Cela n'a pas de sens puisque chacun a reçu des grâces différentes. Jalouser, c'est en fait contester ce que Dieu nous a donné. » Il conclut en disant : « Ne nous jugeons pas d'être jaloux, mais combattons ce poison spirituel. »

Quand le moine a dit ces mots, une vague de calme a déferlé sur moi. Je me suis sentie absoute de cette culpabilité que je trimballais de pair avec ma jalousie. « Ne nous jugeons pas. » J'ai pensé à ces grâces qui étaient miennes et que je ne voyais plus, tellement j'étais obnubilée par celles que les autres avaient reçues. À mon retour, je me souviens avoir voulu t'en parler, partager avec toi ce baume qu'on m'avait administré ce jour-là et dont je me disais qu'il pourrait, à toi aussi, te faire du bien. Mais je ne l'ai pas fait. Je ne sais plus si c'est parce que je n'ai pas osé ou si c'est parce que j'ai oublié.

La perte

Me voilà en résidence d'écriture à l'hôpital. Je m'intéresse à la façon dont les patients décédés peuvent continuer de hanter les soignants. Durant deux mois, je vais donc recueillir les histoires d'infirmières, de médecins, de praticiens qui voudront bien me raconter une histoire liée à un malade disparu qu'ils ont accompagné jusqu'à son décès. Je vais raconter la façon dont cette rencontre a pu imprimer leur pratique professionnelle, la faire évoluer, susciter en eux des questionnements. Je débute ce travail, je n'ai donc pas mes marques dans cet immense espace qu'est l'hôpital parisien de la Pitié-Salpêtrière. Aussi je suis docilement les médecins de service en service, histoire de m'acclimater.

Cet après-midi, je marche sur les talons de la docteure Michèle Lévy-Soussan, responsable de l'unité mobile d'assistance et soins palliatifs qui m'accueille tout au long de mon séjour ici. Alors que nous traversons le service d'hématologie, nous croisons une vieille dame, les cheveux blancs coiffés au bol. Elle arrête la médecin : elle voudrait voir sa fille qui se fait soigner dans le service. Michèle va s'enquérir au bureau des soignants de la chambre où se trouve la fille de la dame. L'infirmière présente lui répond d'un air ennuyé.

« Mais... Cette patiente est décédée il y a plus d'une semaine...

– Sa mère est au courant ?

– Bien sûr, elle était à l'enterrement, il y a deux jours. »

Le retour à la salle d'attente se fait le cœur lesté de plomb. Avec d'autres soignants, Michèle emmène la vieille dame dans le salon dévolu aux familles. L'histoire qui suit est une histoire que j'entends, mais que je ne vois pas.

Une minute se passe. Puis un hurlement déchire l'air : « Claude ! »

La vieille dame pleure : « Pourquoi vous ne m'avez pas dit qu'elle était morte ?

– On vous l'a dit, madame. Vous l'avez vue. Vous l'avez accompagnée jusqu'au bout. Vous êtes même allée à ses funérailles. C'était mardi... »

Un gémissement.

« Je veux la rejoindre très vite, alors... Là, quand je suis venue la voir, je pensais la revoir. La revoir malade, mais la revoir... »

Dans le hall où je patiente, je me raccroche à ce que je vois autour de moi pour m'extraire de cette peine qui transperce les murs. Sur la table, un prospectus : « Mieux comprendre et prendre en charge son cancer lorsqu'on vit avec le VIH ». Au mur, une affiche représentant une pin-up brune embrassant un type au sourire Ultrabrite : « Pause-théâtre récréative, annonce le poster. Tous les mardis après-midi en hématologie : Odile et Barnabé à l'hôpital. »

De l'autre côté de la cloison, les pleurs se sont calmés. La vieille dame raconte qu'elle est venue du IIIe arrondissement où elle habite jusqu'ici, dans le XIIIe. Tandis que Michèle appelle le psychiatre de garde, une infirmière tente de joindre une nièce de la vieille dame. Elle semble s'apaiser. D'une voix très lasse, elle glisse : « J'ai pas eu beaucoup de chance dans la vie. »

Les pleurs reprennent. Puis, la voix se fait malicieuse : « Vous faites des pages d'écriture ? », demande-t-elle à une infirmière.

Nouveaux sanglots : « Ma Claude, je pensais la voir... Si j'étais revenue plus tôt ce matin, j'aurais pu l'embrasser...

– Vous l'avez embrassée, avant qu'elle parte, la rassure l'infirmière.

– J'aimais beaucoup ma mère, ça c'est sûr, poursuit la vieille dame. Mais ça n'avait rien à voir avec comment j'aimais ma fille... »

On ne peut la laisser seule. Dès que l'infirmière s'éloigne pour accomplir d'autres tâches, elle pleure comme une enfant qu'on abandonne. Elle demande à voir la chambre où était sa fille.

« Madame, lui répond l'infirmière. Franchement,

je ne crois pas que ce serait très utile. Je ne pense pas que cela vous ferait du bien. »

Peu à peu, quelque chose semble s'apaiser. La vieille dame évoque les cendres de sa fille. Le souhait de cette dernière qu'elles soient dispersées dans la Méditerranée où elle aimait nager. Elle s'inquiète : est-ce que ce sera possible ?

« Moi je sais pas comment on fait, comment ça se passe... »

Michèle la rassure. Met du concret dans ce désir. Bientôt j'entends la vieille dame dire : « Je veux être toute seule. Je ne veux pas qu'on me regarde pleurer. »

Face au fauteuil où je suis assise, je note une inscription sur le mur en face de moi : Aile J.-P. Vernant. Je me demande bien pourquoi Jean-Pierre Vernant, le fameux helléniste, a une aile qui porte son nom dans un hôpital... Peut-être est-il mort ici ? Ou alors a-t-il fait un don conséquent à la Salpêtrière ? Plus tard, j'apprendrai qu'en fait il ne s'agit pas de Jean-Pierre Vernant, mais d'un éminent professeur de l'hôpital. Pour l'heure, cela fait un moment que j'attends ici, alors mon esprit divague, fait des associations. En combinant la situation et le nom de Vernant, je pense à la déesse Cérès qui venait chercher sa fille aux Enfers pour qu'elle séjourne sur terre six mois par an. Je pense aussi à Orphée y descendant également pour ramener Eurydice parmi les vivants.

La vieille dame ne fait pas autre chose. Sauf qu'au lieu des Enfers, elle se rend à l'hôpital, dernier endroit où elle a vu sa fille en vie et ainsi, dénie à la mort le droit de l'avoir emportée. Car elle reviendra : le lendemain, puis deux jours après. À chaque fois, elle réclame sa fille disparue comme si la nuit avait effacé le souvenir de sa mort. À chaque fois le personnel doit lui réannoncer la triste nouvelle. À chaque fois, la même scène dramatique se rejoue.

Toi aussi tu as perdu un enfant. Une petite fille dont je ne sais pas exactement si elle est morte in utero ou au cours de l'accouchement. Je l'apprends alors que je suis déjà adulte.

Je viens moi-même d'accoucher et traverse une dépression du post-partum qui me tombe dessus sans que je comprenne bien pourquoi. Mon fils est désiré, je suis très heureuse de devenir mère. Et pourtant, les premiers mois après sa naissance sont voilés par l'angoisse. J'ai constamment peur de mal faire, de ne pas être une assez bonne mère. J'ai le sentiment de me dédoubler et que, quand je le change, le lave, le nourris, il y a une autre moi à mes côtés qui me regarde avec un air d'institutrice mécontente. Complètement désemparée, je retourne en analyse. Le psy me demande si j'ai connaissance d'autres cas de dépression du post-partum dans ma famille. Je lui réponds par la négative. C'est d'ailleurs bien ça, le problème. Dans ma famille, on a des enfants et beaucoup, sans difficultés apparentes à les avoir comme à les élever. Ma position de mère fragile ne m'en paraît que plus criante et cruelle. Cela ne « devrait » pas m'arriver.

Il faudra des années avant que tu ne me parles. Que tu me racontes d'abord ton premier accouchement, la naissance de ma mère. Il se déroule à Tübingen, en Allemagne, où tu as suivi ton mari qui y effectue son service militaire. Tu as vingt-deux ans et tu ne parles pas un mot d'allemand. Tu es loin de ta famille. Au moment de la délivrance, la sage-femme te dit : « Ici, ce n'est pas comme en France. Ici, on accouche en silence. » Tu m'as raconté cette anecdote plusieurs fois, et, à chaque fois, tu insistais sur cette phrase. Je t'imagine, toute jeune, vingt-deux ans à peine dans ce pays inconnu au milieu de médecins et de sages-femmes dont tu ne comprends pas ce qu'ils disent. Et quand ils te parlent dans ta langue, c'est pour te dire de te taire.

Cinquante ans plus tard, les choses n'avaient finalement pas tellement changé quand j'ai accouché à mon tour. Je me souviens des allées et venues des sages-femmes qui me déversaient des informations contradictoires. Celle qui m'a regardée de haut quand j'ai demandé à ce que mon fils aille à la nursery quelques heures la première nuit. J'avais accouché à quatre heures du matin, la journée avait été longue. Elle a levé les yeux au ciel : la nursery, c'était réservé aux femmes qui avaient eu une césarienne. C'était mon cas ? Non ? Alors... Cette première nuit, j'avais beau être dans mon pays, au milieu de personnes dont je comprenais les mots, moi aussi j'ai eu envie de fuir. Au point d'appeler mon mari pour lui demander de nous kidnapper notre fils et moi. J'étais dans une chambre au rez-de-chaussée, il me suffisait d'enjamber la fenêtre... Mon conjoint m'a fait remarquer que l'idée n'était sans doute pas des meilleures et a découragé mon projet. Treize ans plus tard, je continue à penser que mon idée n'était pas si mauvaise...

Il s'est passé encore un peu de temps avant que tu ne me parles de cette petite fille mort-née. Tu ne t'es jamais étendue sur les circonstances de son décès mais, vers la fin de ta vie, tu revenais souvent sur le chagrin qu'il avait provoqué en toi. Tu parlais du « bébé que tu avais perdu » et les larmes te montaient aux yeux. Je ne sais pas si elle apparaît sur le livret de famille, je ne sais pas si elle a été enterrée quelque part. Je ne sais pas si elle avait un prénom, même si une histoire me revient. Mais une histoire si étrange que je me demande si je ne l'ai pas rêvée. Je suis adolescente et je te dis que si un jour, j'ai une fille, je l'appellerai Victoire. « Moi, j'ai eu une fille qui s'appelait Marie-Victoire », me réponds-tu alors, presque en passant. La coïncidence me semble tellement énorme que je me demande si je n'ai pas inventé ce moment, si une part de fiction ne vient pas s'immiscer dans ma mémoire. D'autant que je ne me souviens pas avoir creusé le sujet sur le moment alors que la révélation était quand même de taille...

Plus tard, ma mère compléta ton récit : elle me dit que peu de temps après cet évènement dramatique, tu partis en « convalescence », dispatchant tes autres enfants chez les amis et les proches. Tu emmenas juste tes deux petites dernières avec toi. Tu partis à l'hôtel, sur la côte normande. Je ne sais pas pourquoi, j'imagine un paysage très brontësque, fait de landes fouettées par le vent, de forêts aux arbres épineux et je te vois déambuler dans ce décor avec deux petites silhouettes. Infiniment seule. Qui avait bien pu penser que partir ainsi te guérirait de ton chagrin...

Je n'ai pas perdu d'enfant. Je n'ose imaginer ce que cela représente. Alors je m'en remets à d'autres. Dans *Philippe*[1], la romancière Camille Laurens revient sur le décès de son nouveau-né, quelques heures après sa naissance. Elle écrit sur les réactions ou l'absence de réaction de son entourage. Elle raconte ceux pour qui cette mort n'est « qu'une extrême fausse-couche », ceux pour qui le pire « c'est quand même de perdre un enfant, *un vrai*, une fillette de sept ans ou un fils de vingt ans ». Parmi ceux-ci, « ceux qui font comme s'il ne s'était rien passé [...]. En faisant comme si de rien n'était, ils font comme s'il n'était rien », enrage l'écrivaine. L'histoire de Camille Laurens se déroule en 1994. Aussi j'imagine que, dans les années 1960 où la prise en compte du bien-être de la mère et de l'enfant en était à ses balbutiements, tu as dû, toi aussi, accuser bien des coups. Et être priée par le corps social de garder ta douleur pour toi.

L'histoire de ce bébé plane sur la famille. À peine évoqué, jamais nommé. Ton amie Bernadette m'a confirmé que tu avais été anéantie après cette perte. Une douleur que le silence entourant son décès n'a pas arrangée. « On aime un bébé pendant neuf mois

1 Camille Laurens, *Philippe*, Stock, 1995.

et il n'est plus là. Après cela, on peut avoir peur qu'aimer fasse souffrir. Cela peut expliquer une forme de résistance affective par la suite », analyse Bernadette alors que je soulevais le fait que tu n'avais pas été une grand-mère très « gâteau ».

Nous t'encouragions à aller parler à un psy de cette blessure jamais refermée, au point qu'elle t'obsédait encore dans tes derniers jours. Tu t'y es toujours refusée. Il semblerait que ce soit suite à cet épisode que tu aies commencé à prendre du poids, toi qui étais jusque-là si mince. Enterrer un bébé, enterrer la souffrance sous la nourriture...

Les traumatismes se transmettent sur trois générations, dit-on. Je suis la fille aînée de ta fille aînée. Se peut-il que ce petit fantôme venu des années 1960 se soit signalé à moi lorsque je suis devenue mère ? Que ta peine ait traversé les ans et les corps féminins de notre famille pour me toucher de plein fouet ?

Je pense à toi comme à cette mère venue quérir sa fille morte à l'hôpital. Une mère cherchant chez les vivants celle qui se trouve chez les morts et qui ne se résout pas à abandonner sa quête. Je pense à ce deuil qui ne peut se faire et à cette scène qui se rejoue, comme un espoir que tout cela ne soit pas réalité. Je pense aussi à ta peur panique de finir en enfer. Et je me demande si cette angoisse infantile, puérile même, ne trouve pas sa clé ici : peut-être craignais-tu, en ne gagnant pas le ciel, de ne jamais retrouver ce bébé disparu...

Fantômes

« Les gens qui voient des fantômes deviennent étrangers en ce monde. C'est-à-dire que vous ne serez jamais plus tout à fait dans le même monde que les autres. Il y a quelque chose que vous avez vécu que les autres n'ont pas vécu. Et qui vous fait penser que le monde n'est pas tout à fait le même que celui que vous aviez quitté avant votre expérience. » Je ne pensais pas que les propos de la philosophe Vinciane Despret[1] s'appliqueraient à mon cas. Et pourtant. Si tu ne m'apparais pas, il est clair que tu te manifestes...

Et tu te manifestes la nuit, avec violence. Le soir de ton agonie, je ressens de très fortes douleurs au ventre. Depuis mon accouchement, je n'en ai pas ressenti de semblables. Cela part de l'abdomen, puis cela me ceinture et irradie jusque dans les reins. J'ai l'impression d'être en travail. La douleur arrive et repart par vagues. J'hésite à appeler SOS Médecins

1 In « Cerno », épisode 90, partie 1, podcast de Julien Cernobori, 2022.

avant de me rappeler que, de toutes façons, ils ne viennent plus en Seine-Saint-Denis.

Alors je marche en me tenant les reins, comme une parturiente au bord de la délivrance, grimaçant quand un spasme me crispe, soufflant quand il s'éteint à la naissance de mes vertèbres.

Peut-on accoucher de la mort de quelqu'un ? Les douleurs s'éteignent au matin. Demeure une barre un peu lancinante. Un peu plus tard, ma mère m'appelle pour me dire que tu es partie.

Tu reviendras une autre nuit, environ deux semaines après ta mort. Et, encore une fois, tu ne fais pas dans la douceur. Au beau milieu de mon sommeil, je me réveille en sursaut, à bout de souffle.

J'ai la sensation très forte que, alors que je dormais sur le ventre, quelqu'un a appuyé de tout son poids sur moi. Je sens très clairement mon corps s'enfoncer dans le matelas, mon visage s'imprimer dans l'oreiller.

Je tâche de me raisonner. Me dis qu'il s'agit sans doute d'apnée du sommeil. Mais l'empreinte de ces mains dans mon dos demeure. Et, de façon parfaitement irrationnelle, je l'admets, je me réveille avec la conviction très vive que c'est toi qui t'es manifestée. Dans *Au bonheur des morts*[1], Vinciane Despret note

1 La Découverte, 2015.

que « les signes nous prennent par surprise. Ils sont l'inopiné à fleur de routine, comme le dit Marcos Mateos. C'est là leur humour. Les signes ont tous une forme ou une autre d'humour. »

Je dois avouer que, sur ce coup-là, j'ai un peu du mal à saisir le tien... Vouloir étouffer ta petite-fille me semble moyennement comique. Mais, à défaut de provoquer mon hilarité, il faut reconnaître que tu m'as surprise. Cette sauvagerie se situe bien loin de tes allures policées. Au réveil, je demeure aussi avec ce sentiment de colère qui, je le sens, ne m'appartient pas. C'est moins le geste qui m'a suffoquée cette nuit que la rage qui en émanait. Tu m'apparais comme une de ces déesses mythologiques dont l'ire s'abat de façon disproportionnée sur les pauvres mortels. Sans logique. Sans raison.

D'autant que si de ton vivant j'ai pu te voir peinée, blessée, agacée, piquée, je ne t'ai jamais vue enragée. Or il y a quelque chose de la furie dans ce qui s'est passé cette nuit-là. Un déferlement de colère qui me laisse pantelante au matin.

Je ne comprends pas ce qui me vaudrait de ta part un tel courroux. Mais, les jours passant, le sentiment que c'est toi qui t'es exprimée cette nuit-là demeure, se renforce même. Est-ce qu'il te fallait expulser toute cette colère avant de partir pour de bon ? T'es-tu dit que je saurais quoi en faire ?

« Tu devrais rencontrer Liliane, me glisse une soignante de l'hôpital de la Pitié-Salpêtrière, où je suis en résidence d'écriture. Elle a un truc avec les fantômes. » Liliane est une patiente suivie en hôpital de jour pour un cancer. A priori, je ne suis pas franchement versée dans l'ésotérisme, mais je ne sais tellement pas à qui m'ouvrir de cette expérience étrange, qu'après tout... pourquoi pas. Au téléphone, elle me confirme son lien avec les énergies : « Rien qu'en regardant les yeux de quelqu'un, je peux savoir s'il est habité par un esprit », m'assure-t-elle.

La nuit précédant notre rencontre, j'ai mal dormi : prise d'une nervosité qui m'envoie comme des décharges dans tout le corps, je n'ai cessé de me tourner et me retourner dans mon lit. Nous nous retrouvons l'après-midi dans les jardins de la Salpêtrière, sur un petit banc à l'ombre des châtaigniers. Stratagème ridicule : je porte des lunettes de soleil. Si jamais tu as décidé d'élire domicile en moi — ce qui, je l'avoue, ne me ravirait pas particulièrement — au moins Liliane ne pourra-t-elle s'en apercevoir, me dis-je. J'ai beau être plutôt cartésienne, je suis habitée par une peur aussi puérile qu'irrationnelle que Liliane découvre que tu as pris possession de moi. D'autant que tes visites nocturnes ont un peu mis à mal ma rationalité. Je m'attends à une femme légèrement inquiétante, visage fermé, regard perçant, prête à fourailler mon âme. Au lieu de quoi, je vois débouler une sexagénaire apprêtée et souriante, des fleurs fichées dans sa coupe courte auburn. Une femme aisément classable dans la catégorie « grand-mères inoffensives ». Liliane me parle de son rapport aux esprits. Elle m'explique qu'elle pratique la géobiologie, soit l'étude entre un lieu et les êtres vivants. Elle me désigne face à nous une partie d'un buisson de buis complètement brûlée alors que le reste de la haie est bien vert. « Il doit y avoir de mauvaises énergies dans cette partie du sol... » J'opine du chef, décidée à ne pas contrarier mon interlocutrice. « La géobiologie, ce ne sont que des histoires lourdes qui vous tombent dessus... J'ai longtemps fait du bateau. Un jour, j'arrive dans une anse et soudain, je commence à avoir mal au cœur, des difficultés à respirer. Il s'était passé des choses terribles à cet endroit. Alors j'ai nettoyé... C'est une capacité qu'on développe. Chacun l'a plus ou moins en soi... »

Liliane enchaîne avec un autre récit. Elle est un jour mandatée par la propriétaire d'un chalet alpin : elle pense héberger des présences dans son habitation. « Je ne vois pas ces présences, mais je les ressens. Et là, je sens un conflit entre deux groupes de religions différentes. Mes yeux me brûlent, je capte une énergie féminine qui me tourne autour... Une femme qui ne voulait pas partir sans ses deux enfants. Je comprends qu'il s'agit d'une bagarre entre deux clans à l'époque de la préhistoire. Or le chalet est situé pile à l'endroit de cette bataille. J'ai fait ce que j'avais à faire. Puis, je sors de la maison, j'avais besoin de prendre l'air. Et pile à ce moment-là, dans le ciel, je vois un aigle. Le seul animal qui, dit-on, peut regarder Dieu en face. Souvent, à la fin du travail, il y a des oiseaux qui viennent... »

À ce moment, j'ai l'impression de me scinder en deux. Une partie de moi note que Liliane vient de me raconter tranquillement comment elle a viré douze hommes du paléolithique d'un chalet. Bon... L'autre se dit qu'après tout, si tu as bien tenté de m'étouffer, pourquoi une sexagénaire ne ferait-elle pas la chasse aux fantômes préhistoriques ? Vinciane Despret avait raison. Recevoir des signes modifie quelque peu votre perception des choses. Et invite à faire preuve de davantage de souplesse quant à ce qui est logique ou pas.

J'enlève mes lunettes de soleil et raconte donc à Liliane tes visites nocturnes.

« J'ai les poils des bras qui se dressent. Ça veut dire que c'est bien votre grand-mère qui est venue vous voir. » Une autre fois, j'aurais éclaté de rire à cette réponse. Là non. Liliane poursuit : « Je pense que votre grand-mère était medium. Les artistes, en général, sont des mediums. La nuit où elle vous a plaquée contre votre matelas, elle a voulu vous réveiller. »

Dans mon entourage, une autre personne est familière des visites des morts. Carine, une proche, reçoit la visite des disparus. Elle n'en fait pas trop état mais il s'avère qu'elle t'a rencontrée à plusieurs reprises de ton vivant. Et tu t'es aussi manifestée auprès d'elle, « par des images, des émotions », me précise-t-elle. Toi, tu lui envoies des visions de fleurs : des coquelicots, des orchidées. Parfois, ajoute-t-elle, tu te tiens devant son lit. Tu n'es pas un fantôme très bavard. Il paraît que tu te manifestes quand des enfants vont arriver dans notre famille, qu'une grossesse va être annoncée ou qu'un accouchement approche. Tu lui aurais aussi dit que la cérémonie de ton enterrement t'avait beaucoup plu. Concernant la visite brutale que tu m'as faite, Carine interprète : « Il te fallait un électrochoc. Elle te l'a donné. »

D'une façon plus ésotérique, Liliane et Carine ne disent finalement pas autre chose que Vinciane Despret : « Ainsi, les morts peuvent-ils participer, comme je l'ai entendu joliment proposé, à ces "petites combines du désir", en autorisant ce qui ne pourrait être accepté que venant d'eux : l'ordre de reprendre le fil de la vie, parfois de la joie[1]. » D'une façon — certes musclée — tu m'as enjoint de reprendre mon stylo. De prolonger un peu ton existence par mon récit. Car ce n'était pas le tout d'être parvenue à surmonter mes blocages. Encore fallait-il savoir sur quoi écrire. Tu m'as donné cette impulsion. Paradoxalement, ta mort a suscité à la fois du chagrin et un élan vital. J'accepte désormais les signes étranges, les visites impromptues, les histoires bizarres. Je les perçois plus que je ne les recherche avidement. Ils viennent quand ils viennent. J'accepte l'irruption de l'irrationnel avec tranquillité. Et j'adhère sans réserve à cette autre phrase de Vinciane Despret : « Écrire, faire œuvre sous la conduite d'un disparu n'est pas, on s'en doute, une expérience anodine[2]. »

1 *Ibid.*

2 *Ibid.*

Le feuilleton

Le samedi 9 novembre 1965, à vingt heures trente, l'ORTF diffuse le premier épisode de la série *Les saintes chéries*. Ce feuilleton humoristique écrit par Nicole de Buron suit le quotidien de Pierre (Daniel Gélin), cadre dans une entreprise, de son épouse Ève (Micheline Presle), femme au foyer, et de leurs enfants. La série m'intéresse car, lors de sa diffusion, tu as trente-deux ans, ce qui est, peu ou prou, l'âge de l'héroïne. Vous appartenez à peu de chose près à la même classe sociale, sauf que Pierre et Ève Lagarde me semblent appartenir à une classe bourgeoise un petit peu plus aisée que la vôtre.

Le premier épisode s'intitule « Ève et son mari ». Habillé d'une musique primesautière, le générique nous montre, en plan fixe, l'héroïne et son époux, endormis dans le lit conjugal. Enfin on ne voit que le visage de Pierre, celui d'Ève étant dissimulé sous une couverture. N'apparaissent que quelques mèches de sa chevelure. « Une femme qui a un mari doit savoir résoudre tous les mille petits problèmes posés par la vie en commun avec cet être étrange : l'Homme », nous énonce une voix off féminine. Suave et teintée d'ironie, la voix poursuit : « Tout d'abord, une femme n'oubliera jamais — même si elle travaille de son côté — qu'elle a épousé un travailleur. C'est lui l'Homme qui se lève pour gagner le pain quotidien du ménage et tous les égards lui sont dus à l'heure douloureuse où il se prépare à accomplir son devoir. »

La caméra effectue un travelling avant sur le réveil — posé du côté d'Ève — qui se met à sonner. Les yeux à peine ouverts, Ève se lève, appelle son mari, glisse par erreur ses pieds dans les grosses charentaises de Pierre et titube jusqu'à la fenêtre pour ouvrir les rideaux. Elle se tourne vers le lit conjugal en soupirant puis quitte la chambre en traînant des pieds. Pierre émerge enfin et attrape le transistor au pied de son lit pour le coller contre son oreille. Ève revient dans la chambre en portant un plateau sur lequel sont disposés le petit-déjeuner et un exemplaire du *Figaro*. « Aide-moi ! », crie Ève, tandis que Pierre reste tourné de son côté du lit à écouter son transistor. Il lève à peine un bras. À l'aide du manche d'une cuillère, Ève lui examine le fond de la gorge : « Ça va, pas d'angine. » Elle lui beurre sa biscotte, la lui enfourne dans la bouche, lui verse son café. Il arrête le trait de lait d'un geste de la main : « Stop ! » Enfin son petit-déjeuner est servi. Elle se verse à son tour une tasse de café. Elle le regarde, semble attendre un mot de lui. Qui arrive au bout de plusieurs secondes : « Ben dis donc, ça va drôlement mal en Afrique, hein... » Désignant les tartines du menton, Ève lui demande : « T'en veux une autre ? » Il répond par un borborygme affirmatif. En mangeant, il fait tomber un bout de sa biscotte beurrée et confiturée qui s'écrase sur sa veste de pyjama. Il se tourne vers elle : « Tu pourrais faire attention quand même... » Quelques secondes plus tard, l'oreille toujours collée au transistor, il lui fait remarquer au sujet de son café : « T'as mis trop de sucre. » Ève commence à lui enlever sa tasse, il l'arrête d'un air exaspéré : « Ça va, ça va, ça va... »

Pierre décide de se lever. Alors qu'elle était en train de feuilleter le *Figaro*, Ève récupère in extremis le plateau. Les mules de sa femme au pied, Pierre se dirige vers la salle de bain. Face au miroir, il commence à se raser : « Oh j'ai la gorge qui me pique, moi, c'est effrayant... » Avant de poursuivre : « Et puis je dois avoir le foie comme une cathédrale. Je ferais du cholestérol que ça m'étonnerait pas. » Hors champ, Ève lui répond : « Ben oui mon chéri, tu devrais faire un régime. » La tête de Pierre s'encadre dans l'embrasure de la porte : « Dis-moi, à partir de demain, je ne veux voir ni pain ni vin sur la table. Et pas de fromage non plus. Ni de plat en sauce. Hélas. » De retour dans la salle de bain, il se plaint de son patron : « Il va me faire crever... »

Immergé dans un bain moussant, Pierre se douche en chantonnant. Le pommeau lui échappe et répand de l'eau partout sur le carrelage de la salle de bain. Il attrape un drap de bain, soupire et interpelle Ève : « T'appelles ça des serviettes ? Moi j'appelle ça des pochettes ! Elles sont trop courtes, j'peux même pas me les mettre autour des reins ! — Ça, c'est pas de ma faute, répond Ève. — Ça veut dire quoi, ça encore ? » rétorque-t-il en maugréant, traversant la pièce pour attraper une serviette plus grande dans un placard. Il fait tomber la pile et, toujours en pestant, les remet en boule dans la penderie. « À quelle heure j'vais arriver encore au bureau, moi, ce matin ? »

Drapé dans sa serviette comme un empereur romain, Pierre envoie valser des vêtements posés sur un fauteuil. Il s'empare d'une chemise sortie d'un tiroir. « Oh encore calcinée ! Tu veux que je te dise : elle n'est plus mettable. » Il la jette en l'air et en saisit une autre. Une nouvelle salve d'habits vole en l'air alors qu'il cherche ses chaussettes. « Quel est l'imbécile qui a pris mes chaussettes ? » Ève répond : « Ce n'est pas moi qui ai pris tes chaussettes, mon chéri. Regarde sous le fauteuil. » Bien sûr, elles y sont. « Évidemment, c'est leur place », lance-t-il, un regard lourd de reproches en direction d'Ève. Il s'assied brutalement sur le lit dans un fracas de porcelaine, Ève écarte à nouveau in extremis le plateau. Les jérémiades de Pierre reprennent, concernant, cette fois-ci, Plougasteau, un collègue qu'il soupçonne de vouloir le court-circuiter. « J'ai jamais eu confiance dans ce Plougasteau », le conforte sa femme. Pierre farfouille dans la penderie : « Ben… Mon costume bleu. Il est où mon costume bleu ? » De la chambre, Ève lui répond : « Il est pas revenu de chez le teinturier, mon chéri… » Pierre fait la moue : « Voilà, ça m'aurait étonné… » Puis c'est au tour de la cravate à pois d'avoir disparu et enfin aux boutons de manchettes. Ève, encore une fois, lui indique où ils se trouvent : « Sous la chemise sale que tu as lancée, mon chéri. » Elle l'aide à les mettre tandis qu'il feuillette le *Figaro*, ce qui, inévitablement, rend l'opération d'autant plus complexe. « Bouge pas comme ça, je vais pas y arriver ! », lui demande Ève. Pierre n'en a cure et poursuit sa lecture qu'il ponctue d'un « Ça vient, oui ? » Il s'assoit à nouveau sur le lit, frôlant — encore une fois — l'accident industriel avec le plateau. Nouveau fracas des porcelaines. En passant ses bretelles derrière lui, il en fouette Ève qui s'écrie : « Je te remercie ! » Pierre ne dit rien.

La voix off reprend : « Qu'il aille à l'école, au bureau, il y a toujours un ange féminin pour veiller au départ de l'Homme. » La scène se clôt sur Pierre refermant vigoureusement la porte de la chambre. Le téléphone se met à sonner. Ève le localise en en remontant le fil. L'appareil se trouve sous les monceaux de linge éparpillés par son mari. Elle décroche. Pierre ressurgit dans la chambre : « Si c'est le bureau, tu dis que je suis parti. » Ève le couvre donc et assure à la secrétaire qui est en ligne que son époux est parti « il y a bien longtemps déjà » et qu'il ne saurait tarder à arriver.

Voilà retranscrites presque intégralement les douze premières minutes de cet épisode inaugural des *Saintes chéries*. Et je ressens un sentiment d'écœurement, comme après avoir mangé une trop grosse barbe à papa. Je me demande pourquoi cette comparaison me vient alors que cela fait bien longtemps que je n'ai pas mangé une de ces gourmandises de fête foraine. Mais effectivement, le sexisme du personnage de Pierre a de quoi donner la nausée.

Alors certes, je pourrais me dire qu'il s'agit d'une satire, d'une caricature que vient souligner la voix off. Après tout, *Les saintes chéries* est une série comique. Je pourrais aussi me rappeler qu'il s'agit d'une fiction vieille de plus de cinquante ans, que mon jugement ne peut qu'être orienté par une vision anachronique des choses. Évidemment, on ne peut pas attendre d'une héroïne des années 1960-1970 que sa psychologie ait intégré et digéré la révolution féministe en cours. Et on peut d'autant moins lui en vouloir que nombre de personnages féminins inventé après ladite révolution ne le firent pas davantage. Pour autant, cela n'interdit pas de relever certains biais qui traversent cette œuvre de fiction et de souligner les messages qu'ils induisent.

L'idée de toute la séquence est de jouer sur l'analogie entre un homme marié et un gros bébé complètement dépendant à qui tout est dû. Il réclame, se plaint, chouine, sans témoigner aucune gratitude à son épouse. Et encore en ferait-il preuve que cela ne serait pas suffisant... Mais ce qui est encore plus gênant c'est ce que cette scène suggère de façon, me semble-t-il, finalement, assez perverse. Par le rire, la connivence avec la spectatrice (à qui ce programme est destiné), elle veut lui montrer combien elle est plus maligne que son époux. ELLE le réveille à l'heure pour aller travailler. ELLE sait où se rangent les chemises. ELLE s'occupe de couvrir ses retards au bureau. Ce que nous dit en creux cet épisode, c'est que sans elle, rien ne tournerait rond. Et cela justifie donc, de façon implicite, qu'elle reste au foyer.

D'ailleurs, rien ne transparaît vraiment de la psychologie d'Ève dans ce premier volet. Certes, cet épisode est un épisode d'exposition. Mais il esquisse déjà un portrait de Pierre. Peu flatteur, bien sûr, mais, au moins, il existe. Ève s'exprime peu, sinon pour signaler où se trouvent les affaires de son époux, approuver ses dires ou sortir des platitudes. Si elle partage la méfiance de son mari à l'égard de son collègue Plougasteau, c'est, dit-elle, en raison de « ses oreilles pointues qui ne [lui] reviennent pas ». On ne sait rien de ses aspirations, de ses centres d'intérêt. Elle est une bonne améliorée, réduite à ses fonctions utilitaires.

La série évolue avec son époque. Du noir et blanc, elle passe en couleurs. Le dernier épisode — *Les saintes chéries* en comptent trente-neuf au total — est diffusé le 19 mars 1971. Signe d'un changement des temps, il s'intitule « Ève PDG ». En effet, Ève décide d'y créer, avec son amie Fanny, une agence de publicité. L'épisode s'ouvre d'ailleurs sur une réplique emblématique. « Tu sers à quoi dans la vie ? demande Ève à Fanny. Eh bien tu vois ma chérie, il est inconcevable de vivre à notre époque sans tenir un rôle précis dans la société. » Et d'encourager son amie : « Mais enfin, lis Marcuse ! » Mai 68 est évidemment passé par là. Pourtant, la fin de la série demeure ambigüe. Après un premier contrat difficilement honoré, Ève rentre chez elle en voiture avec son époux.

« Écoute Ève, tu veux me faire vraiment plaisir ? Alors tu arrêtes réellement de travailler, tu arrêtes d'avoir des idées, tu arrêtes la publicité, tu arrêtes tout. Et puis tu restes à la maison. Tranquille.

– Oui mon chéri. Je vais même rester tranquille pendant plusieurs mois.

– Ah oui ? C'est sûr ça ? l'interroge Pierre.

– C'est sûr », affirme-t-elle.

Elle lui chuchote alors quelque chose à l'oreille. De surprise, Pierre emboutit un réverbère. Il s'inquiète de l'état de sa femme. Elle l'assure qu'elle va bien, avant de lui glisser : « C'est pas une façon de traiter une future mère. »

La série se conclut donc sur l'annonce de la grossesse d'Ève. Qui adresse un clin d'œil à la caméra. On peut se demander quel sens donner à ce signe complice : signifie-t-il que, finalement, tout rentre « dans l'ordre » et qu'Ève va redevenir l'ange de la maison ? Un peu comme si ces désirs d'émancipation n'avaient été qu'une tocade, une bonne blague. Ou bien, avec ce clin d'œil, Ève veut-elle indiquer que ce retour au foyer — contrairement à ce que souhaite son époux — n'est que temporaire ? On ne peut que l'espérer pour elle. Et pour les téléspectatrices de 1971. Une chose est sûre : si elle a des ambitions hors de la sphère familiale, elle va devoir ruser pour les réaliser.

Le panier à linge

« Chez nous, quand j'étais petite, le panier à linge sale débordait toujours », me dit ma mère.

Elle prononce cette phrase et je songe au mien qui, ce matin justement, s'est littéralement effondré par terre sous le poids des machines non lancées. La corbeille qui accueille le linge en attente de repassage atteint des sommets dignes d'un Everest ménager. Aussi, ayant l'impression d'appartenir à la même équipe que toi, je ne suis pas choquée par ton peu de goût pour l'ordre domestique.

Je me trompe peut-être mais il me semble entendre un sous-texte dans la phrase de ma mère : comment se fait-il qu'alors que tu étais femme au foyer, les tâches domestiques n'aient pas été accomplies en temps et en heure ? C'était le job qui t'incombait, ta mission.

Peut-être as-tu expérimenté ce que Betty Friedan a relevé dans ses travaux[1]. Elle applique à la ména-

---

1 *La femme mystifiée, op. Cit.* p.358

gère américaine la loi de Parkinson, édictée en 1955. Parkinson a étudié entre 1914 et 1928 les effectifs de l'amirauté britannique, l'officine administrant la Royal Navy. Il remarque qu'alors que le nombre de marins et de navires diminue, le nombre de fonctionnaires de l'amirauté augmente. D'où sa fameuse loi qui dit que « Le travail s'étend de manière à remplir le temps disponible pour son achèvement. » Friedan l'applique à la femme au foyer et en tire deux hypothèses. La première : Moins une femme a une existence sociale importante, plus elle gonflera ses activités domestiques et peinera à y mettre un terme pour ne pas être soupçonnée d'oisiveté. La seconde : Moins elle a d'activités hors du foyer, plus la femme se sent obligée de consacrer chaque minute de son temps aux tâches ménagères. Pour étayer son raisonnement, Friedan s'appuie sur des interviews de femmes américaines. Elle constate que les femmes actives consacrent évidemment moins d'heures à la tenue de leur intérieur et pourtant, entre ces dernières et les *housewives* qui astiquent leurs maisons toute la journée, il n'y a pas de différence notable dans la propreté de leurs maisons. Chronophage, répétitive, peu stimulante intellectuellement, la gestion de l'intérieur grignote l'énergie de celles pour qui il s'agit d'une activité à plein temps. Les gestes s'étirent. Ankylosés par une fatigue chronique, les bras manient le balai ou l'aspirateur avec davantage de lenteur. D'où surgirait de toutes façons le dynamisme sachant que la même action sera à reproduire, exactement de la même façon, le lendemain, le surlendemain, l'année d'après ? Que le sol immaculé sera souillé d'ici quelques heures par les miettes laissées par les enfants, les pattes du chien, les mocassins du mari ? La dimension « sisyphienne » de la tâche a de quoi mettre un sérieux coup au moral à n'importe qui. Et ce d'autant plus quand il n'y a ni gratification financière ni morale à la clé. Personnellement, j'ai eu un bref aperçu de cette réalité au cours de mon congé maternité. Je suis ravie que de nombreuses jeunes mères y aient trouvé leur compte. Pour ma part, je me souviens surtout de quelques mois aliénants où mes journées se déroulaient entre le hublot de la machine à laver, le Babycook et un doute constant concernant le bon fonctionnement de mon cerveau. Ce ne furent que quelques semaines mais je dois avouer que je goûtais assez peu cette vie exclusivement tournée vers l'intérieur où je me retrouvais le soir sans rien de guère passionnant à raconter à mon conjoint, sinon le nombre de bodys utilisés par notre bébé dans la journée ou le nombre de millilitres de lait qu'il avait bu...

On pourrait imaginer que le boom de l'électroménager durant les Trente Glorieuses a permis d'alléger cette charge qui pèse sur les épaules des femmes au foyer. Pour Betty Friedan, il s'agit d'un leurre. En 1963, quand elle publie son livre aux USA, elle note que les femmes passent beaucoup plus de temps à effectuer les tâches ménagères que leurs mères en dépit d'appartements plus petits et du fait qu'elles possèdent sept fois plus d'ustensiles que leurs aïeules. Elle prend ainsi l'exemple du congélateur qui oblige à préparer en amont des aliments pour les y entreposer. Ou de la possession d'un mixer qui invite à réaliser des recettes plus complexes que de « faire griller des côtelettes d'agneau ». À partir de là, on peut aussi imaginer que la possession d'une machine à laver incite sa propriétaire à lancer davantage de lessives qu'auparavant. Ce qui suppose donc aussi davantage d'étendage, de repassage. Loin de la libérer, le frigidaire, l'atomixer, le four en verre ou la cuisinière chantés par Boris Vian dans sa « Complainte du progrès » en 1956 n'ont pas franchement ouvert la cage de la femme au foyer... tout en lui en donnant l'illusion.

J'en reviens à toi et à ton panier à linge sale débordant. Je comprends tout à fait que cela ait pu exaspérer ma mère, d'autant que tu as assez vite, dans ta vie, bénéficié des services d'aides-ménagères. Il n'empêche que je trouve quelque chose de réjouissant à cette image. Tu t'autorisais le droit à ne pas faire. À ne pas correspondre à la parfaite image de la mère au foyer. Mais alors, que faisais-tu de ce temps a priori libre que tu avais, une fois les enfants partis à l'école ? Ma mère hausse les épaules. Elle n'en sait rien. Ton emploi du temps, une fois le reste de la famille ayant déserté le foyer, demeure un mystère. Encore une fois, une part de toi nous échappe. Il ne me reste qu'à imaginer. Et à me dire que sur ce temps dont nous ne saurons jamais rien, tu t'es accordé ce droit à la paresse, à la rêverie, au non-productif.

Salle des ventes

À la fin de ta vie, tu me dis de ce ton définitif que tu emploies souvent : « Tu possèdes le sens du beau. » Je ne te réponds pas, sinon par un sourire. Ou alors j'atténue, emplie de fausse modestie. Alors qu'intérieurement, je ronronne. Tu me distingues parmi tes vingt-trois petits-enfants.

Aussi tu m'emmènes avec toi à la salle des ventes où on te connaît bien. À tes côtés, je bénéficie des privilèges qui te sont accordés par le commissaire-priseur. Tandis que les autres acheteurs doivent attendre dans le froid, devant le rideau de fer encore baissé, nous pouvons rentrer par une porte dérobée et on nous installe au premier rang.

Je ne sais pas quelle est ta logique pour enchérir. Tu ne lèves pas la main, tu donnes un coup de coude à mon grand-père qui le fait pour toi et détient le carnet de chèques du ménage. Tu emportes les services en argenterie, les verres à cocktail en cristal, le tableau d'un petit maître du XVIIIe, des vases en jersey dont tu fais la collection. Les gros meubles ne t'intéressent pas. Tu préfères la vaisselle, les bibelots. Tu te fraies un passage parmi les antiquaires pour retourner d'une main preste une assiette afin d'en connaître l'origine. Je ne sais pas comment tu as acquis ce savoir-faire, cette compétence. J'imagine que tu as appris en autodidacte parce que tes parents n'étaient pas spécialement des esthètes. Au fil des années, tu as affûté ton œil, de sorte que tu décèles facilement la pièce qui vaut la peine au milieu d'une bannette remplie de babioles. Tu as même acquis une toile de Van Loo à un très bon prix, que tu as installée au milieu de tes tableaux à toi, dans ton salon. Tu m'as appris à chercher dans le Bénézit la cote d'un peintre.

Avec les années, au fur et à mesure que nous grandissions, tu as commencé à nous offrir, pour Noël ou nos anniversaires, les objets que tu achetais aux enchères. C'est quand tu es morte que j'ai compris que, dans chaque pièce de ma maison, il y avait une chose que tu m'avais donnée. Dans la salle de bain, j'ai disposé au bord de la baignoire le pichet et la cuvette en porcelaine blanche à liseré doré qui devaient être utilisés pour faire sa toilette au XIXe. La table de ma cuisine est un solide rectangle de chêne strié de larges rainures brunes que tu avais trouvé à Étretat. Sur mon bureau, un flacon sur lequel sont gravés à la feuille d'or des chinoiseries, surmonté d'un énorme bouchon doré. Je ne sais pas s'il s'agit d'un encrier ou d'un flacon de parfum ancien. Dans mon placard à vaisselle, un ensemble de six verres à cocktail en cristal taillé, la théière aux chardons, un légumier et des assiettes en porcelaine anglaise que tu m'avais donnés lors de mon emménagement dans mon premier appartement. Les vases en faïence de Jersey parsèment les étagères de ma bibliothèque. Il y en a une petite vingtaine, à présent. Quand je venais te voir chez toi, à la fin de ma visite, tu m'en glissais un dans ton sac. Je rigolais : je vais me faire engueuler par les tantes au moment de l'héritage. Tu haussais les épaules : je donne bien mes objets à qui je veux. Il y avait aussi ce verre tout simple que tu avais trouvé je ne sais plus où. Dessus était gravé mon prénom en lettres anglaises.

J'ai aussi un de tes *millefiori* : ils étaient tous disposés sur la table basse de ton salon, constituant un monde merveilleux de petits globes transparents dans lesquels s'épanouissent des verres multicolores, formant un tissu de fleurs, d'étoiles, mais aussi des méduses... Celui que j'ai posé sur mon bureau à côté de l'encrier / flacon de parfum chinois, ce n'est pas toi qui me l'as donné. Mais mon grand-père, après ta mort. Un soir que j'étais avec lui, il a désigné la table de la main et m'a dit : « Choisis. » J'ai mis du temps à me décider. J'ai finalement opté pour un qui était un peu différent des autres : à l'intérieur, une goutte semble avoir éclaté et le *millefiori* capture le moment où elle rebondit pour former trois fleurs au cœur légèrement turgescent et aux pétales blancs, parsemés d'éclats rouges, verts et bleus. Il est plus rond et plus haut que les autres davantage ovales et bombés. Mon grand-père m'apprend que le mien était en fait la boule surmontant une ancienne rampe d'escalier.

Je me relis et je m'aperçois qu'en lieu et place d'« héritage », j'ai écrit « hétirage ». Au-delà de la simple faute de frappe, j'essaie de trouver un sens à ce lapsus. Peut-être, en nous donnant ces objets, t'es-tu assurée d'« hétirer » ta présence sur terre.

Les commissions

Quand j'essaie de me remémorer mes toutes premières années de vie, le film que déroule mon esprit convoque facilement des moments nous mettant en scène toi et moi.

Il faut dire que tu me gardes brièvement plusieurs mois alors que je suis nourrisson. Maman travaille, Papa est encore étudiant, tu me prends en charge durant la journée. Je ne sais pas si c'est à ta demande ou à celle de ma mère. Les parents n'ont sans doute pas eu de place en crèche, ils ne doivent pas avoir beaucoup d'argent, faire appel à tes services doit constituer une économie substantielle. Tu me promènes dans le magnifique landau anglais Silver Cross, la Rolls du landau, paraît-il, que tu as utilisé pour mes oncles et tantes avant moi. Mais l'expérience tournera court assez vite. Apparemment, tu fais vite comprendre à Maman que ce n'est pas une sinécure de me garder. Notamment parce que c'est une tannée pour me faire manger. Au bout de quelques mois, les parents se décident à me trouver une nourrice. Quand elle en parle, je sens un peu de ressentiment chez Maman. J'admets en avoir éprouvé moi aussi. Pourquoi tu n'as pas voulu me garder ? Aujourd'hui, je me dis que, quand on t'a sollicitée, tu n'as pas osé dire non. Et puis que, finalement, tu es parvenue à énoncer que ça ne te convenait pas de jouer les nounous. Et c'est vrai : une grand-mère, ce n'est pas une assistante maternelle. A posteriori, je suis même plutôt fière que tu aies réussi à dire non. Tu avais le droit d'avoir ta vie, d'en finir avec les couches et les biberons.

Mais j'imagine que je dois venir chez toi encore un peu car je nous revois partir toutes les deux au Raincy faire les courses. Je suis un peu plus grande. Quatre ou cinq ans. D'une main, tu tiens ton caddie à roulettes, recouvert d'une toile façon Burberry, de l'autre moi. J'aime bien ces virées dans les magasins parce que, quoique petite, je sens que tu es une cliente respectée, qui en impose. D'abord, tout le monde te connaît. La caissière du Prisunic qui a sa chevelure noire retenue dans un filet. La manutentionnaire du Félix Potin, où, à la caisse, tu m'achètes une sucette Pierrot Gourmand. M. Paul, le boucher, dont le sol de la boutique est recouvert de sciure et qui porte un grand tablier parcouru de stries de sang séché. Il y a aussi Mme Rigoreau, la libraire qui m'offre quelques paquets de Panini quand je passe avec toi. Chez M. Vaurillon, le fromager, je gratte un petit morceau de comté. C'est l'époque où les femmes des commerçants portent une blouse en nylon, du rose un peu trop vif aux joues et tiennent la caisse.

Comme toi, elles ne sont pas rémunérées, elles « aident » leurs maris et tout le monde trouve cela bien normal. On ne se pose pas la question de leur retraite. Au Prisunic, les enceintes crachent Marcia Baïla des Rita Mitsouko ou Elli Medeiros. Au rayon jouets, je te tanne pour que tu m'offres un kiki. Dans ta rue, il y a même Marie-Thérèse, la modiste chez qui toutes les femmes de la famille vont faire faire leurs chapeaux pour les mariages. Pour le carnaval de mon école, elle me fabrique un couvre-chef ovale qu'elle décore de gros points roses. Voilà la pièce maîtresse de mon costume de champignon. Ton caddie à la main, tu vas de l'une à l'autre des boutiques. J'ai beau être petite, je perçois très bien la déférence dont tu fais l'objet. Tu as d'ailleurs des « comptes » dans chacune d'entre elles, le privilège réservé aux clientes fidèles, dont on sait qu'elles s'acquitteront rubis sur l'ongle de leur note à la fin du mois. Et ici, c'est toi qui as l'argent, le chéquier. Personne ne s'interroge sur les origines de ton pouvoir financier. C'est toi qui décides, commandes, paies. Les courses, c'est ton domaine. La patronne, c'est toi.

Je me demande pourquoi ces souvenirs restent gravés dans ma mémoire alors qu'ils sont finalement très anodins. J'imagine que c'est parce que je suis seule avec toi. Mais aussi parce que ces moments témoignent de ta puissance. Relative, certes, puisqu'elle tient à une liste de commissions. Mais quand même... Je me rends compte aussi que, comme l'ont étudié beaucoup d'urbanistes et de sociologues, tes allées et venues dans la ville, comme celles de toutes les femmes, sont purement utilitaires. Tu te déplaces pour faire tes commissions, chercher les enfants. Tu ne flânes pas. Je ne me souviens pas t'avoir vue t'arrêter à une terrasse de café par exemple. Ton temps est de toutes façons chronométré. Il y a toujours un repas à lancer. Quand tu t'échappes, le trajet est aussi très circonscrit… et très genré. Tu montes dans le train et tu vas aux Galeries Lafayette pour la journée. Le midi, tu déjeunes chez Flo, au Printemps, sous la coupole en verre multicolore. Là aussi, tous les serveurs te connaissent. Tu me fais penser à Mrs Dalloway, l'héroïne du roman homonyme de Virginia Woolf.

Près de trente ans ont passé et je continue à venir épisodiquement faire les courses dans ton quartier alors que cela nécessite pour moi de prendre le RER. On habite à deux stations l'une de l'autre, mais quand même. Ce n'est pas exactement la porte à côté. Je me dis que c'est parce que dans ma ville, je n'ai pas de fromager, pas de Monoprix non plus, qui a remplacé le Prisunic. Mais en fait, il y a sans doute autre chose. Ce n'est que récemment que j'en prends conscience : Le Raincy est redevenu tel qu'il était quand j'étais enfant. Après une sorte de purgatoire commercial, la ville a retrouvé son dynamisme. La boutique de jouets qui avait fermé au début des années 1990 a rouvert sous l'impulsion d'une nouvelle propriétaire et ne désemplit pas. La boucherie de M. Paul a été reprise par son apprenti, Yann. Il y a toutefois des choses qui ont changé. C'est un nouveau fromager qui a repris la boutique de M. Vaurillon. Et sa femme n'est pas du genre à croupir derrière la caisse. « C'est elle qui porte la culotte », plaisante-t-il, la regardant couper un bout de comté avec énergie. Et on sent que cela lui va très bien comme ça.

Manger et nourrir

« C'est bien simple, on est encore le nez dans nos cafés qu'elle se demande ce qu'on va manger le midi », soupirent ma mère et mes tantes.

C'est vrai que, pendant les vacances, dans ta maison normande, l'odeur du gigot de midi entre souvent en collision avec celle du Nesquik. Tu t'inquiètes de ce que nous ayons assez à nous mettre sous la dent. Quasiment tous les jours, tu vas faire des expéditions au supermarché d'où tu reviens avec d'énormes sacs. Après le déjeuner, nous savons tous que nous ne serons bons à rien au moins durant trois bonnes heures, le temps de digérer tout ce que nous avons englouti. Chez toi, dans les épinards à la crème, il y a autant de crème que d'épinards, 50/50, pas de jaloux. Tu prépares une cuisine bourgeoise dans laquelle le gigot tient une place de choix. Très saignant le gigot, ce qui laisse perplexe mon mari. « Dans ta famille, vous mangez la viande quasi crue », s'offusque-t-il.

Il paraît que tu cuisines moins qu'avant. J'imagine que tu as eu ta dose des dîners à préparer, que ce soit pour ta famille ou quand tu recevais. Car tu as beaucoup reçu. Les anciens camarades de ton mari polytechnicien, ses relations quand il fut premier adjoint au maire de la ville où vous habitiez, vos amis du Rotary. Aussi, désormais, les flageolets sortent-ils directement de la boîte de conserves, tout comme les haricots. Les desserts viennent de la pâtisserie du coin de la rue. Il y a même des aberrations qui détonnent dans ton mode de vie bourgeois. Mon frère adorant la salade piémontaise, tu lui en achètes au supermarché... par seaux ! Des seaux en plastique transparent au travers desquels on voit les bouts de patates trop pâles s'encanailler avec des morceaux de saucisses trop roses. À côté de ça, au Monoprix, tu achètes toujours les biscuits Albert Ménès, les plus chers. À Noël, tu fais toi-même ton foie gras. Pour nous, les enfants, tu élabores ta fameuse « salade chinoise » : une batavia dans laquelle tu mélanges des nems coupés en deux et de la chair de crabe. On adore ce plat pourtant assez rudimentaire, qui relève plus de l'assemblage que de la vraie cuisine. Et cela tombe bien car ne pas se resservir équivaut pour toi à dire que ce n'était pas bon. Tu n'as aucune pitié pour nos estomacs. Ils doivent être pleins. Quand on passe chez toi, c'est te faire offense que de repartir sans quelque chose dans le ventre. Que je te dise vouloir me contenter d'un thé et tu supplies presque : « Un fruit, au moins... »

Je retrouve une part de toi dans les textes que consacre Marguerite Duras à la cuisine. Un petit livre[1] compile ses recettes et ses réflexions sur le sujet. Ce qui me frappe : vos cuisines se ressemblent. Il y a là une palanquée d'ustensiles — passoire, écumoire, casseroles, marmites, presse-purée, économe — qui ressemblent à une armée en ordre de bataille. Tout cela est rangé mais l'accumulation confère un côté « foutoir » à la pièce. Les tasses sont suspendues à des crochets, les épices s'entassent dans le rencognement d'un mur, les fruits s'oxydent dans des assiettes et des compotiers. Dans un buffet, la vaisselle est entreposée selon un équilibre précaire et, comme chez toi, les pièces appartiennent à une multitude de services différents, constituant un ensemble joyeusement dépareillé. Chez Duras comme chez toi, la cuisine est une pièce fondamentalement vivante, organique. On sent qu'il y a toujours quelque chose qui y bout, qui y mijote. Ce n'est pas une cuisine de magazine, non. La toile cirée est faite pour être parsemée d'épluchures de pommes de terre qu'on ramasse ensuite de l'arête de la main pour les transbahuter à la poubelle. Une tasse de café froid traîne sur le plan de travail. Et le potimarron laisse d'épaisses traînées orangées sur les doigts quand on le découpe. Traces qu'on nettoie ensuite à l'aide du gros bloc de savon de Marseille disposé à côté de l'évier.

Marguerite Duras avait aussi une recette de salade chinoise. La sienne me semble un peu plus orthodoxe que la tienne : elle comporte des champignons noirs,

1 *La cuisine de Marguerite*, Benoît Jacob, 1999.

des bananes vertes et aussi du nuoc-mâm. D'ailleurs prévient-elle, « si vous n'aimez pas le nuoc-mâm, ne faites pas le plat. Rien ne peut le remplacer. » Entre nous, la tienne n'avait de chinoise que le nom... Mais chez Duras comme chez toi, je ressens cette pointe de je-m'en-foutisme qui contrebalance le sérieux viscéral accordé aux choses de la bouche. L'écrivaine consigne ainsi laconiquement une recette de boulettes de viande, « les boulettes Pojardsky, soi-disant » : « Mélangez du veau haché avec du pain trempé dans du lait, de la kacha, de la farine de sarrasin (peu), un ou deux œufs entiers, de l'estragon. » Et de conclure : « Le reste, je ne l'ai pas noté. Je l'ai noté seulement pour le mot *kacha*, je ne sais pas ce que c'est. » Et débrouillez-vous avec ça. Toi, c'est ta salade chinoise à la va-comme-je-te-pousse.

Je me souviens aussi de toi, le matin, penchée au-dessus de ton fourneau, dans ton peignoir Laura Ashley à volants blancs. La composition était assez baroque entre le gros piano en fonte aux feux allumés et toi dans ta robe de chambre à collerette. Comme tu te préparais toujours assez tard dans la matinée, je t'ai fréquemment vue cuisiner en chemise de nuit le repas du midi. Encore aujourd'hui, je ne sais pas comment tu faisais. Je déteste cuisiner « pas habillée ». C'est idiot mais, par exemple, je ne supporterais pas de faire la cuisine sans soutien-gorge. J'ai besoin d'être « tenue », disciplinée, sinon ma cuisine ne le sera pas. Toi, tu t'en fichais.

Je vais être honnête. Je te vois devant tes fourneaux mais je ne me rappelle pas t'avoir vue cuisiner. Je veux dire, je ne te vois pas faire des gestes de cuisine. Éplucher des légumes, découper de la viande, monter des blancs en neige... Cela tient peut-être au fait que, dans les dernières années, en Normandie du moins, c'étaient ma mère et mes tantes qui reprenaient la main. Mais même plus jeune, je n'ai pas de souvenirs de ce type... Duras explique justement qu'elle préférait faire la cuisine quand ses hôtes à Neauphle-le-Château n'étaient pas là. Partis en balade ou faire la sieste. Sans doute faisais-tu de même.

Mais que cuisinais-tu, d'ailleurs ? Hormis le gigot d'agneau, le foie gras de Noël et la salade chinoise, je ne me le rappelle pas. Au moment de ta mort, ma cousine Constance a parlé de tes œufs brouillés. En Normandie, tu en préparais spécialement pour elle. Ma mère évoque la réalisation d'un plat qui avait fait grand bruit alors qu'elle-même était enfant : un faisan aux sept liqueurs. Ça me trouble un peu, en fait. Autant j'associe mon autre grand-mère à des plats précis — la soupe de légumes à peine moulinée, le poulet à l'estragon, les pommes sautées — autant je peine à définir les tiens. Une chose est sûre : je ne t'ai jamais vue faire de gâteaux par exemple. Je ne crois pas que tu aimais tellement t'occuper du sucré. Quand j'y réfléchis, je t'associe plus à des produits. Le Neufchâtel, par exemple, ce fromage en forme de cœur du pays de Caux au goût salé. Pour bien le choisir, il ne faut pas écouter le fromager qui vous assure qu'il est bien fait. C'est le meilleur moyen de se faire arnaquer, sauf si ledit fromager est normand et respecte le Neufchâtel à sa juste valeur. Non, ce qu'il faut, c'est appuyer en son centre pour s'assurer qu'il n'est pas plâtreux. C'est toi qui m'as appris comment faire ça. Il y avait aussi les crackers Jacobs, les ronds. Ils me semblaient plus fins que les carrés et tu les rangeais dans une belle boîte en fer dans laquelle on piochait sans vergogne parce que ça se mangeait sans faim. Je pense aussi à la coupelle dans laquelle tu disposais des cristaux de sucre candi. Il n'y avait que chez toi qu'on voyait ça. Ils nous donnaient l'impression de croquer dans des diamants. Je n'oublie pas non plus le cake aux fruits confits Albert Ménès que tu nous servais avec le thé, « le meilleur », disais-tu.

Ton frigo est rangé de façon anarchique : tenter d'attraper un yaourt c'est l'extraire d'une sorte d'enchevêtrement de crèmes caramel, Gervita et autres riz au lait, avec le risque que tout nous tombe sur la figure. Il regorge de choses enveloppées dans des papiers roses ou blancs venant de chez le boucher ou le fromager mais dont le contenu demeure mystérieux. À moins, en cas de fringale, d'en arracher un de là, de le déballer en douce sur la table de la cuisine, en espérant qu'il s'agit du paquet contenant le jambon. En cas de victoire, on en mangera une tranche entre deux portes, comme des voleurs. Dans la contre-porte, béarnaise, bourguignonne, tartare : les sauces patientent, alignées en rang d'oignon. Il y a même deux pots de mayonnaise et on choisira celle dont la date de péremption est la plus éloignée, même si on sait que ce n'est pas bien. On prétendra ne pas avoir fait attention à ce détail quand on nous reprochera de ne pas avoir opté pour celle qui allait se périmer le plus vite. Et après tout, c'est de notre faute à nous, s'il y a deux pots de mayo dans le frigo ?

Marguerite Duras explique qu'il lui est indispensable d'avoir plusieurs doses d'une même denrée pour avoir le sentiment d'être à flot. « Si je ne peux pas superposer deux bouteilles d'huile, il n'y en a pas… Si je n'ai pas la bouteille qui attend que celle qui est en cours soit terminée, je suis sans huile… » Elle trouve même une formule mathèématique pour résumer cette obsession : 1 = 0, tandis que 1 + 1 = 1. Tu partages la même marotte. Dans le cellier, il y a au moins deux bouteilles de vinaigre d'avance. Le nombre de conserves devrait faciliter l'organisation d'au moins une décennie de chamboule-tout de kermesses d'école. La quantité de boîtes de thon et de sardines permettrait de tenir un siège (si on n'est pas trop sourcilleux sur les risques de botulisme) ou, tout du moins, de réjouir tous les chats du quartier. Tu nous as transmis ce goût de l'accumulation. Quand nous étions petits, Maman, au début de l'hiver, constituait un stock de crèmes Mont-Blanc et gâteaux de riz Yabon. « En cas de tempête de neige, on aura de quoi tenir », disait-elle, et même si on savait que c'était une blague, on espérait tous secrètement que des tombereaux de flocons allaient s'abattre sur la Seine-Saint-Denis, bloquant la porte de notre maison et nous obligeant à nous bâfrer au chaud pendant des jours, loin de l'école. Quant à moi, je dois avouer que le buffet renfermant mes thés et infusions aurait de quoi rendre jaloux n'importe quel détaillant. Entreposer moins de cinq paquets de pâtes dans mon placard ? J'en ai des palpitations.

Je me suis demandé d'où venait cette nécessité quasi obsessionnelle de nourrir ton monde. Cela semble propre à bon nombre des grand-mères que je connais, mais je crois qu'il y a autre chose. Tu as grandi durant la guerre à Paris. Quand le conflit commence, tu as six ans et douze quand il s'achève. Dans son article « Enfants et adolescents pendant la Seconde Guerre mondiale[1] », l'historienne Sarah Fishman consacre toute une partie à l'alimentation des jeunes Français durant cette période. Elle rappelle ainsi que « hormis l'Italie, l'apport calorique en France durant la guerre fut le plus bas d'Europe occidentale, ce qui est d'autant plus remarquable si l'on considère que la France, avant la guerre, était le premier producteur agricole en Europe occidentale ». Elle montre comment le rationnement mis en place dès juillet 40 eut une incidence non négligeable sur la jeunesse. « En 1942, l'étude de cinq villes industrielles dans la zone non occupée montra que le poids moyen des garçons et des filles était, selon l'âge, d'environ un à sept kilos en dessous de celui de 1938 », écrit-elle. Elle rapporte également cette anecdote édifiante : « Ainsi, en juillet 1942, un journal posa une question à ses jeunes lecteurs, suggérant une réponse d'ordre fantastique : “Si les fées vous accordaient un souhait, que demanderiez-vous et pourquoi ?”

---

1 Sarah Fishman, *La bataille de l'enfance. Délinquance juvénile et justice des mineurs en France pendant la Seconde Guerre mondiale, chapitre 2 : « Enfants et adolescents pendant la Seconde Guerre mondiale »*. Trad. Johann Maunet. Presses Universitaires de Rennes. Disponible en ligne sur https://books.openedition.org/pur/3975?lang=fr

Une écolière du nord de la France répondit : “Ne jamais avoir faim”... »

Si tu as vécu l’exode avec tes parents, tu es vite retournée à Paris où les privations se faisaient plus durement sentir qu’à la campagne. Tu nous as très peu parlé de cette période. Comme le raconte Virginie Despentes dans une interview donnée à *Télérama* en août 2022, on a sans doute minimisé l’impact qu’ont pu avoir ces conflits sur nos histoires familiales. « Je suis d’une génération d’individus dont les parents ont été les enfants de trois guerres successives, 14-18, 39-45 et la guerre d’Algérie, survenues en très peu de temps, explique-t-elle. Et je n’ai pas l’impression que nous ayons pleinement réfléchi que cela fait aussi de nous ce que nous sommes. Il y a des peurs et des douleurs qui se transmettent sans qu’on en soit conscient. Quand on analyse son propre parcours, on pense à son enfance, l’école, les premières amours, etc., mais on porte aussi le bombardement des villes dans lesquelles nos parents ont grandi, l’exil ou les deuils vécus par nos grands-parents et les parents de nos grands-parents. »

Non, je ne sais pas du tout l’empreinte que la guerre a laissée sur toi. Une seule fois quelque chose a jailli. Tu appelles chez les parents. Je décroche et tu commences à me tenir un discours assez lunaire où je ne comprends pas grand-chose. Je suis seule à la maison, vous n’habitez qu’à vingt minutes à pied, aussi je fonce chez toi. Il s’avère que tu fais une sorte d’ictus, ton cerveau disjoncte. Le regard un peu ailleurs, tu m’expliques que tu vois « plein de paires d'yeux qui [te] regardent dans le noir ». Sur le coup, je me préoccupe surtout de savoir comment je vais faire avec une grand-mère qui, visiblement, déraille complètement. Il s'avère que ce n'est pas bien grave et qu'après un bref séjour à l'hôpital, les choses se remettent d'elles-mêmes. Mais je garde en tête l'image de cette obscurité trouée par des regards. Je me suis demandé si tu n'évoquais pas par là les abris dans lesquels tu descendais avec tes parents lors des alertes à la bombe. C'est la seule fois où tu évoqueras la guerre. Et encore, c'est moi qui interprète cette vision que tu as eue...

Dans *Les années*[1] Annie Ernaux dépeint les enfants de la guerre, « pâlots, anémiques, les ongles tachés de blanc, ils devaient avaler de l'huile de foie de morue et du vermifuge Lune [...]. » J'imagine que quelque chose de la fillette que tu étais se manifeste dans ton frigo toujours trop plein et cette obsession de nous nourrir à toute force, de préférence avec des aliments roboratifs.

Si tu as un peu lâché la rampe sur le temps passé aux fourneaux, il est une chose sur laquelle tu es intraitable : la beauté de ta table. La nappe, le service, l'argenterie, les fleurs : tu ne lésines pas là-dessus. Un Noël où je reçois un appareil photo, je consacre ma première pellicule à immortaliser la table que tu as dressée. Une fois les photos déve-

1 Gallimard, 2008.

loppées, je suis déçue. Mes talents de photographe sont visiblement bien trop modestes pour rendre hommage à la brillance des assiettes, à la transparence des verres et à l'harmonie des couleurs entre la nappe et les plats.

Plus tard, quand je m'installe dans mon premier appartement, tu m'offres douze assiettes de porcelaine anglaise. Encore plus tard, sur ma liste de mariage, je demande un service Bernardaud, plusieurs nappes du Jacquard Français, de l'argenterie. Cela me semble aller de soi, c'est ce que ma mère et toi m'avez inculqué. Je les sors systématiquement quand nous recevons du monde à dîner. Des amis rigolent : « Mais qui utilise encore des nappes à part toi ? »

La remarque me surprend mais, c'est vrai que chez les autres, on mange à même la table, voire on picore sur la table basse. Je tiens des femmes de ma famille ce réflexe bourgeois de dresser le couvert avec porcelaine, nappe et serviettes coordonnées, fleurs et tout le tintouin. Quand bien même cela peut paraître hors de propos dans notre petit appartement de banlieue qui donne sur la voie de tramway.

« Tu es vraiment une déclassée », sourit une amie.

Cette réflexion qui aurait pu me blesser il y a encore quelques années m'amuse. Oui, on peut considérer qu'en termes de classe sociale, j'ai rétrogradé par rapport aux générations antérieures. Mais j'emporte avec moi ce patrimoine immatériel. Ou plutôt, devrais-je dire, ce matrimoine. Qui consiste à dire à ceux que l'on reçoit : « Je suis heureuse que vous soyez là. »

Dans la nuit

Ton agonie a duré une semaine. Nous vivons ces quelques jours au rythme des litres d'oxygène qui te sont nécessaires pour respirer. D'abord cinq, puis six, puis sept. Les chiffres ne redescendent pas et nos parents nous préparent à l'issue qui semble désormais inéluctable. Nous savons que si tu sors de l'hôpital, ce ne sera pas sur tes deux pieds.

Je traverse cette période dans un état d'étrange flottement. Je veux venir te voir tout en m'en sentant incapable. Je ne veux pas te voir mourante et pourtant, mon esprit est sans cesse perdu du côté de l'hôpital de Montfermeil où tu es. D'autant que je suis souvent juste à côté ces jours-ci. Une institution culturelle m'a commandé une performance pour la Nuit Blanche qui se déroule à Paris et dans sa banlieue. Une déambulation pensée avec les habitants qui nous mènera de la ville de Clichy jusqu'au cœur de la forêt. Il me suffirait d'une vingtaine de minutes à pied pour gagner ton chevet, mais je ne peux pas. Je ne veux pas ne pas te reconnaître, sentir que la mort a commencé à prendre ses quartiers en toi.

Je t'envoie des messages vocaux. Il paraît que tu les entends, mais je ne suis pas là pour le vérifier. Peut-être ma mère me dit-elle juste ça pour me faire plaisir. Je me repasse dans la tête la dernière fois où je t'ai vue, à l'hôpital. Tu te plaignais et je n'avais pas la patience, ce jour-là. Je me revois distante, légèrement agacée. Je ne t'ai pas approchée car tu craignais le Covid et c'est sans doute cela qui m'a le plus énervée. Que tu me voies comme une possible transmetteuse de virus. Cela prenait le pas sur tout le reste. Je ne suis pas restée longtemps et suis partie un peu fâchée parce qu'au lieu d'être contente de me voir, tu m'avais fait la liste de tes récriminations : la nourriture pas bonne, les infirmières pas sympas, la vue moche...

Pendant la préparation de la performance, je regarde par la fenêtre de la pièce où se déroulent les ateliers d'écriture avec les habitants. Nous sommes installés sur le toit-terrasse de l'institution. J'essaie d'apercevoir l'hôpital mais je ne sais pas précisément où il est et la nuit badigeonne tout de noir. Je regarde les arbres se balancer dans le soir profond d'octobre et je pense à toi. J'essaie de me préparer à ta mort, à un monde sans toi. Les ténèbres qui enroulent ce bout de banlieue me facilitent la tâche. Et en même temps, je sens bien que ce monde sans toi, je n'y crois pas vraiment. Les gens sont gentils. Ils savent que tu vas mal et posent des mains compatissantes sur mon épaule, me font des clins d'œil empathiques. Alors je joue à celle-dont-la-grand-mère-va-mourir. Mais j'ai l'impression de jouer faux parce que je ne m'y résous pas. Tu nous as trop agité le spectre de ta disparition devant les yeux pour qu'elle survienne vraiment. Il me semble que nous y croyions vraiment : ton hypocondrie était ton talisman.

Parfois je me force à imaginer que, si ça se trouve, tu es en train de partir, là, maintenant. J'essaie de me préparer. J'imagine ton fantôme, silhouette opalescente et massive, volant au-dessus de la ville, les mains en avant, comme Superman. Et je me dis, que, sur ton trajet, la première que tu verras, ce sera moi, qui suis la plus proche de toi. Tu viens me chercher et je vole quelques instants à tes côtés. Puis tu me raccompagnes sur le toit-terrasse de Clichy et je te regarde t'éloigner à l'horizon. Cette fois, la nuit n'est pas noir charbon, elle est plutôt bleu profond et piquetée d'étoiles. En y réfléchissant un peu, je reconstitue d'où me naît cette image. C'est un mélange entre la chanson « Tonight we fly » de Divine Comedy et un dessin animé que je regardais enfant avec mes frères et sœurs. Dans la première, le chanteur Neil Hannon raconte comment, avec sa bien-aimée, l'amour les fait planer au-dessus de la ville, des chiens qui aboient en contrebas, après leurs ombres. De là-haut, en observant la vie des autres humains, ils se demandent pourquoi « *happiness is so hard to find* ». Toi aussi je crois que tu avais du mal à trouver le bonheur. À le voir tout du moins.

Cette vision se nourrit aussi des illustrations qui me restent en tête du *Bonhomme de neige*[1]. L'album jeunesse avait été adapté en un film d'animation[2] que nous regardions souvent avec mes frères et sœurs quand nous étions petits. À un moment, le bonhomme de neige prend un petit garçon par la main et tous deux entament un voyage dans les airs. L'enfant chante : « Nous marchons dans le ciel / Nous flottons dans le clair de lune / Pendant que les étoiles / S'allument une à une / Je me cramponne à toi / Planant dans le ciel de minuit / Survolant toute la Terre / Toute la Terre endormie. » C'est drôle que je t'associe à une lecture d'enfant car je n'ai aucun souvenir d'avoir jamais feuilleté un livre à tes côtés.

Le soir de la performance, nous marchons au milieu des cités pour gagner la forêt. Cette fois, c'est moi qui t'emporte avec moi. Un coin de mon cerveau est colonisé par une image de toi, allongée dans un lit d'hôpital, le masque à oxygène sur ton visage. Je t'emmène avec moi et je te montre ce que j'ai fait : le parcours que j'ai imaginé, les textes dont j'ai accompagné l'écriture. Et je te dis que tout ça, c'est pour toi. Que ce soir, on m'a payée pour faire de l'art.

---

1 Raymond Briggs, *Le bonhomme de neige*, Grasset Jeunesse.

2 *The Snowman*, de Dianne Jackson. 1982

Le chagrin

Je franchis le pont qui enjambe les voies ferrées pour me rendre à la gare.

Un trajet que je fais presque tous les matins.

Soudain, ton absence me saisit, d'un coup.

Tu es morte depuis plusieurs mois pourtant.

Mais c'est là, maintenant, que je prends pleinement conscience que je suis dans le monde et que toi, tu n'y es plus, tu n'y seras plus.

Un vide infini m'ouvre alors en deux.

Un vertige comme quand j'arrive chez vous et que je vois, dans le salon, ton fauteuil sur lequel mon grand-père a laissé, intacte, ta corbeille à ouvrage.

Comme si tu allais revenir et reprendre ton tricot.

Mon grand-père a installé sur le fauteuil un cadre avec des photos de toi, entourée de tes enfants et petits-enfants.

C'est plus joli qu'un panneau « interdit » mais le message est tout aussi clair : personne n'a le droit de s'asseoir à cette place qui fut la tienne.

De prendre ta place.

Et soudain, dans l'air, l'odeur du muguet, celle de ton parfum. J'ouvre grand les narines et j'inspire, histoire de confirmer mon impression. Oui, je reconnais bien Diorissimo. Pourtant, sur le pont, il n'y a personne d'autre que moi. Je suis seule. Les gens sont déjà partis au travail depuis une bonne heure. J'imagine que c'est ce qu'on appelle une hallucination olfactive. Si hallucination il y a, alors celle-ci est particulièrement réussie... Au milieu des effluves de pots d'échappement, le parfum des fleurs me remue le ventre et fait affleurer les larmes au coin de mes yeux.

Le chagrin surgit de façon inattendue et désordonnée. Il ne se fixe pas sur ta disparition mais se projette sur des choses annexes. La première fois, cela s'est produit le jour même de ta mort. Le matin, juste après avoir appris la nouvelle, je me dirige, hébétée, vers... le Monoprix. Nous avons prévu avec mes sœurs de nous faire un apéro Skype pour accuser le coup. J'achète une bouteille de vin et me dirige au rayon des conserves. Je cherche les boîtes de poulpe à l'encre de seiche, celles de *polpo alla gallega*, de coques marinées que je ne trouve que dans ce Monoprix-là, celui de Bondy, peut-être en raison de la forte communauté portugaise présente aux alentours. Mais quand je me trouve face à l'étagère où elles sont censées être rangées, rien. Les conserves ont disparu des rayons. J'interroge une vendeuse. Elle me confirme que personne (à part moi visiblement) n'achetant ces conserves, Monoprix a décidé de les retirer. Je m'exclame : « Mais... Il me les faut ! » Et je fonds en larmes. De grosses larmes qui laissent des traînées transparentes sur mes joues et se jettent dans le vide. La vendeuse semble — et comment lui en vouloir ? — abasourdie par ce que peut provoquer la disparition de conserves lusitaniennes. Elle regarde cette fille qui renifle au milieu d'une allée. C'est fou quand même ce que le poulpe peut susciter chez certaines personnes. Elle pose sa main sur mon bras, me dit de l'attendre quelques minutes. Elle revient, effectivement, le sourire aux lèvres : les ultimes boîtes ont été mises dans le rayon déstockage. Je la remercie et me rue dans la direction qu'elle m'indique. Frénétiquement, j'amasse les boîtes dans mon caddie. Je n'en laisse pas une.

Roland Barthes aussi fait un lien direct entre l'alimentation et la mort. Dans son *Journal de deuil*, il dit souffrir, depuis le décès de sa mère tant (trop ?) aimée, « d'une sorte de fragilité digestive. Comme si j'étais atteint là où elle prenait le plus grand soin de moi : la nourriture[1]. »

---

1 Roland Barthes, *Journal de deuil*, Seuil, 2009.

Une autre fois, je vais au cinéma. À l'écran, un film qui raconte l'histoire de deux vingtenaires. Elles sont actrices, meilleures amies et l'une va mourir d'un cancer. Je regarde ce film et, à un moment, je sens les grandes eaux monter en moi, le barrage prêt à rompre. Ça ne rate pas, je commence à pleurer. Pourtant, ça n'a pas de rapport. Enfin si, tu es morte, la fille sur l'écran va mourir. Mais elle, elle est jeune et puis ce n'est qu'une histoire. Je n'arrive pas à relier ce qui se passe en moi aux images que je regarde. Je sens que ça n'a rien à voir. Ou sans doute que si en fait, mais je ne parviens pas à faire le lien. Et puis, soudain, entre deux sanglots, je commence à t'appeler à voix basse : « Mamé, Mamé... » Nous ne sommes que trois dans la salle, mais bien sûr, un des spectateurs est assis à trois fauteuils de moi, je sens son regard se détourner de l'écran pour se poser vers moi. Pourtant, c'est plus fort que moi, je continue de t'appeler d'une voix plaintive qui dit le manque de toi.

Épilogue

Tu aimes les chansons parlant d'animaux. Quand tu me gardes — j'ai alors quatre ou cinq ans — tu mets sur le tourne-disque le trente-trois tours d'Henri Salvador. On écoute ensemble « Le loup, la biche et le chevalier ». Tu mets directement le diamant sur le bon sillon car tu sais que c'est l'air que je préfère. Il faut dire que, petite, je ne connais rien de plus réconfortant que l'épilogue de la chanson : « La petite biche / Ce sera toi si tu veux / Le loup on s'en fiche / Contre lui nous serons deux. » Nous l'écoutons, en silence, assises dans le canapé.

Mais surtout, tu chantes. Tu as une voix aigüe, un peu crécellisante. Je pense que si tu l'avais travaillée, tu aurais pu avoir une tessiture de colorature. Tu chantes et nous, les enfants, nous faisons les chœurs. Parmi tes airs de prédilection, ceux que tu chantes comme ça, au débotté, il y a d'abord cette comptine :

« Trois petits minous qui avaient perdu leurs mitaines
S'en vont trouver leur mère :

"Maman, nous avons perdu nos mitaines !
- Perdu vos mitaines !
Vilains petits minous !
Vous n'aurez pas de crème au chocolat !"

Trois petits minous qui avaient retrouvé leurs mitaines
S'en vont trouver leur mère :
"Maman, nous avons trouvé nos mitaines ! —
Trouvé vos mitaines ?
Gentils petits minous !
Vous aurez plein de crème au chocolat !" »

Seule la première phrase de chaque couplet est chantée. Les dialogues, eux, sont parlés. Tu fais la mère et nous faisons les chatons. Nous devons dire la première phrase d'un ton contrit. Tu prends ensuite une voix outrageusement fâchée pour faire la maman. Puis c'est à nouveau à nous qui expliquons d'une voix guillerette avoir retrouvé nos mitaines. Enfin tu insistes sur le « pleiiiiiin » de crème et tu détaches les syllabes de « cho-co-lat » que souvent, nous reprenons avec toi. Il faut bien l'avouer, la comptine n'est pas des plus élaborées. Mais j'y vois comme un clin d'œil à la mère de famille nombreuse que tu étais. Avec les enfants dont les chaussettes — plus sûrement que les mitaines — disparaissent mystérieusement. Dont le tiroir à slips se trouve vide de tout spécimen décent à enfiler au moment de partir à l'école. Et, bien sûr, la perspective de cette crème au chocolat qui a la faculté miraculeuse de raviver les souvenirs aux étourdis.

Et puis il y a ce tube de Line Renaud, « Le chien dans la vitrine ». Tu commences : « Combien pour ce chien, dans la vitrine ? » Nous, nous sommes chargés de faire les aboiements du chien qui ponctuent la chanson : « Waf, waf ! » J'adore quand tu la reprends car tu l'interprètes vraiment. Tu pointes un index indolent et légèrement dédaigneux vers la vitrine imaginaire. Tu incarnes ce personnage de grande bourgeoise venue choisir un canidé. J'avoue que j'ai complètement oublié la suite des paroles. Je décide de les réécouter et ce que j'entends me fait sourire : « Je dois m'en aller en Italie / En laissant tout seul mon mari / Un chien lui tiendrait bien compagnie / En étant toujours avec lui. » J'imagine que, peut-être, tu aurais aimé être cette femme qui part en voyage, laissant derrière elle époux et enfants le temps d'une semaine de vacances. Le temps de partir à Venise, de retrouver Alda, de redevenir la jeune femme de la photo.

Au moment de ta mort, c'est une autre chanson qui me revient à l'esprit. Tu ne la chantais pas celle-ci, je ne pense pas que tu la connaissais, pourtant, elle évoque des oiseaux. Composée et chantée par Anne Sylvestre, elle s'intitule « Ma chérie ». Il s'agit d'un dialogue entre une mère et sa fille. Anne Sylvestre l'interprète d'ailleurs avec Alice, sa propre fille. Sous forme de dialogue, elle évoque une femme empêchée que sa fille essaie de libérer. On imagine une mère dont le quotidien s'est résumé à l'exécution des tâches ménagères, à l'éducation des enfants. Dont la vie s'est déroulée entre les murs de la maison, les sorties au parc, les vacances en famille.

« Qui a piégé l'hirondelle pour la mettre au poulailler ? », interroge-t-elle. Entre les lignes, on sent que la fille regrette que sa mère se soit oubliée à ce point. Mais, au cours de la chanson, par un retournement habile, la mère démontre à sa fille que ce que cette dernière perçoit comme un renoncement a été aussi une piste de lancement pour la propre indépendance de sa progéniture.

« Mais tu restes à ras de terre, s'exclame la fille.
– Celle où je t'ai fait marcher, répond la mère.
– Mais pourquoi toujours te taire ?
– Il le faut pour t'écouter. »

Dans la vie, il y a les émancipatrices qu'on s'efforce — tant bien que mal — de suivre dans la voie qu'elles nous ont tracée. Dont le parcours nous chuchote : « Essaie de faire comme moi. » C'est galvanisant, oui, mais un peu écrasant aussi. Et puis il y a les femmes comme toi. Les anonymes aux parcours ordinaires dont la vie ne semble avoir jamais causé aucun remous. Qui ne semblent pas offrir de l'exemplarité. Voire qui se posent, dans notre esprit, en contre-modèles. C'est ainsi que tu m'es longtemps apparue : une femme soumise au système patriarcal, prisonnière de la vie domestique, dépendante financièrement de son mari.

Mais plus j'y réfléchis, plus je me dis que ce contre-modèle est aussi formateur que les modèles qui nous sont proposés. Et que toi aussi tu as fait preuve de franchise. Celle de me dire « Ne fais pas comme moi. » Et, pour être honnête, je trouve cela tout aussi courageux. Parce qu'il en faut du courage pour admettre que ses choix ne sont pas forcément souhaitables pour les générations suivantes et être capable de le formuler. Le message n'est pas toujours passé par des mots, il a même pu voguer en contrebande jusqu'à moi. Mais toujours est-il que je l'ai bien reçu.

Je l'ai entendu quand tu m'as dit, toi la mère de famille — très — nombreuse, que si avoir un seul enfant me convenait, alors c'était très bien.

Je l'ai entendu quand tu me félicitais pour mes résultats à des concours, à des examens, toi qui t'es arrêtée au bac.

Je l'ai entendu quand tu m'as enjoint, contrairement à toi, de passer le permis de conduire.

Je l'ai entendu quand tu pestais parce que je ne te prévenais pas des articles que je publiais dans *Le Monde*. Même si tu aurais préféré que j'écrive dans *Le Figaro*.

Dans la guerre des sexes, il y a celles qui montent au front et puis il y a l'arrière. Tu y étais. Pour autant, cela ne fait pas de toi une collabo. Au contraire. À ta manière, tu as semé les graines de la résistance en nous. Par ton contre-exemple, tu m'as, finalement, donné l'exemple. J'ai un métier qui me plaît. La charge domestique est équitablement répartie au sein de mon couple. J'ai du temps pour moi.

Ta mort aurait pu marquer la fin de cette discussion. Une discussion étrangement silencieuse, puisque nous ne l'avons jamais eue de vive voix. Mais au contraire, depuis que tu es partie, j'ai l'impression que tu es plus bavarde. À moins que je ne t'entende mieux ? Toujours est-il que tu es là, auprès de moi, comme jamais. D'aucuns pourraient trouver triste que cela survienne après ton départ. Pas moi. De ton vivant, je crois que nous avons été au bout de ce qui était possible entre nous et c'était déjà bien, au vu de tout ce qui nous séparait.

Vinciane Despret explique combien cette relation entre morts et vivants peut être dynamique. « Si nous ne prenons pas soin d'eux, écrit-elle, les morts meurent tout à fait. [...] La charge de leur offrir "plus" d'existence nous revient. Ce "plus" s'entend certes au sens d'un supplément biographique, d'un prolongement de présence, mais surtout dans le sens d'une *autre* existence[1]. »

C'est un peu ce qui se passe entre nous, désormais. Comme si ta mort m'avait ouvert l'accès à un alphabet secret. Et que celui-ci me permettait de mieux déchiffrer qui tu es. Ou bien que, en te regardant dans un kaléidoscope, je décidais tout à coup de tourner la molette et que je te voyais autrement. Non pas l'épouse et la mère plaintive, éternellement insatisfaite. Mais plutôt une femme des Trente Glorieuses à qui la société demande expressément de rester à la maison. Qui s'exécute de bonne

1 *Au bonheur des morts*, La Découverte.

grâce. Et chez qui, peu à peu, grandit le sentiment d'avoir été flouée.

J'aimerais te dire que je vais réparer cela. Mais on sait très bien, toi comme moi, qu'on ne reprise pas une vie avec des mots.

En revanche, je voudrais te raconter une histoire. Celle de la sœur imaginaire de Shakespeare, inventée par Virginia Woolf[1]. Woolf part de l'idée que Shakespeare avait une sœur, Judith, aussi brillante que lui. Mais, évidemment, la voie des études lui est barrée. Qu'elle prenne un livre, « arrivaient alors ses parents qui lui disaient de raccommoder les chaussettes ou de surveiller le ragoût ». Ils la contraignent au mariage, alors elle s'enfuit à Londres, tente de devenir actrice, profession qui lui est aussi interdite. « Et pourtant, elle était génialement douée pour la fiction et brûlait du désir de se repaître de la vie des hommes et des femmes, d'étudier leurs divers comportements », poursuit Woolf. Elle se retrouve sous la protection d'un homme de théâtre, tombe enceinte de lui et, finalement, se tue. Elle « repose à quelque croisement où les omnibus s'arrêtent à présent, devant l'*Elephant and Castle* », conclut poétiquement l'écrivaine.

Je lève tout de suite tes préventions : je ne te compare pas à Judith, ta vie ne fut pas aussi tragique, loin de là. Mais ce qui m'intéresse, c'est cette question

1 Virginia Woolf, *Une chambre à soi, op. Cit.* p. 70-73

de l'inaccomplissement artistique qui, je pense, a pu te miner au cours de ta vie. Mélange de choses que d'autres ne t'ont pas autorisées mais que tu ne t'es pas autorisées non plus. Ce qui m'intéresse, c'est, au-delà de la beauté mélancolique de cette histoire, l'achèvement que lui donne Virginia Woolf à la fin de cette conférence destinée aux étudiantes de l'université de Cambridge.

En effet, dans les ultimes pages de l'ouvrage, l'écrivaine revient sur Judith et voici ce qu'elle écrit : « Or j'ai la conviction que cette poétesse, qui n'a jamais écrit un mot et qui fut enterrée à ce carrefour, vit encore. Elle vit en vous et moi, et en nombre d'autres femmes qui ne sont pas présentes ici ce soir, car elles sont en train de laver la vaisselle et de coucher leurs enfants. Mais elle vit ; car les grands poètes ne meurent pas ; ils sont des présences éternelles ; ils attendent seulement l'occasion pour apparaître parmi nous en chair et en os. »[1]

Aussi, j'aimerais te dire, là où tu es, de regarder. Regarder tes cinq filles, tes treize petites-filles, tes quinze arrière-petites-filles.

Toi qui te croyais invisible, j'aimerais que tu saches combien tu laisses de traces en nous. Rien d'extraordinaire, de renversant. Nous-mêmes ne saurions pas précisément dire de quoi elles sont faites. Peut-être est-ce le geste de l'une d'entre nous

1 op. Cit ; p. 170

quand elle tâte la qualité d'un liberty. La façon de l'autre de suçoter son pinceau avant de se lancer dans une aquarelle. De manier ses aiguilles à tricoter. De chantonner Henri Salvador en faisant la vaisselle. Mais tu es aussi là quand nous obtenons un poste convoité. Quand nous partons seules en voyage. Quand nous parvenons au bout de l'écriture d'un livre, de la réalisation d'un tableau, de la rédaction d'une conférence. Toutes ces choses que tu n'as pas pu faire. Que nous réalisons en sachant confusément qu'une part doit t'en être reversée. Parce que nos accomplissements sont nés, aussi, de tes impossibilités. Elles en ont été le terreau fertile. Nous portons en nous non seulement ce que tu as été mais aussi ce que tu n'as pas pu être.

Au moment où j'écris ces mots, une image s'impose à moi, très forte, au point de m'obliger à fermer les yeux pour mieux l'accueillir.

Cette image, c'est celle de ton visage.

Et tu souris.

Bibliographie

Christine Bard, *Les femmes dans la société française au XXe siècle*, Armand Colin, 2001.

Marie Cardinal, *Les mots pour le dire et autres romans*, Grasset, 2013.

Vinciane Despret, *Au bonheur des morts*, La Découverte, 2015.

Anne-Marie Dieu, Christine Delhaye, Annie Cornet, « Les femmes au foyer. Des activités méconnues et peu valorisées en employabilité », in *Travail et Emploi*, n° 122, avril-juin 2010.

Georges Duby, Michelle Perrot, *Histoire des femmes. Le XXe siècle*, Plon, 1992.

Marguerite Duras, *La vie matérielle*, Gallimard, 1987.

Marguerite Duras, *La cuisine de Marguerite*, Benoît Jacob, 1999.

Annie Ernaux, *Les années*, Gallimard, « Folio », 2010.

Liliane Fiori-Astier, *Les femmes au foyer. Objectivation et subjectivation d'une invisibilité sociale*, thèse, université de Metz, 2006.

Betty Friedan, *La femme mystifiée*, trad. Yvette Roudy. Belfond, 2019.

Manon Garcia, *On ne naît pas soumise, on le devient*, Éditions climats, 2018.

Catherine Gonnard, Élisabeth Lebovici, *Femmes artistes / Artistes femmes*, Hazan, 2007.

Cassandre Huchon, *La transcription du corps dans les écrits de Marie Cardinal : enjeux littéraires et politiques*, dumas-03003193, Littératures, 2020.

Leslie Kern, *Ville féministe. Notes de terrain*, Éditions du remue-ménage, 2022.

Camille Laurens, *Philippe*, P.O.L, 1995

Doris Lessing, *L'été avant la nuit*, trad. Marianne Véron, Le Livre de Poche, 1992.

Anne-Marie Lugan Dardigna, *Femmes-femmes sur papier glacé. La presse « féminine », fonction idéologique*, La Découverte, 2019.

Loretta Napoleoni, *Le pouvoir du tricot, retisser nos liens dans un monde désuni*, trad. PatriziaSirignano. Albin Michel. 2022

Sylvia Plath, *Œuvres*, édition établie par Patricia Godi, Gallimard, « Quarto », 2011.

Lucile Quillet, *Le prix à payer. Ce que le couple hétéro coûte aux femmes*, Les liens qui libèrent, 2021.

Martine Reid (dir.), *Femmes et littérature. Une histoire culturelle* (tome 2), Gallimard, « Folio », 2020.

Yannick Ripa, *Histoire féminine de la France. De la révolution à la loi Veil*, Belin, 2020.

Anne Sexton, *Tu vis ou tu meurs. Œuvres poétiques (1960-1969)*, trad. Sabine Huynh, *des femmes-Antoinette Fouque*, 2022.

François de Singly, *Fortune et infortune de la femme mariée*, PUF, 2004.

Virginia Woolf, *Une chambre à soi*, trad. Clara Malraux, 10/18, 1992.

Sources audiovisuelles

« La sténo, l'écriture secrète des femmes », podcast de Clara Blein-Renaudot, Arte Radio, 2023.

Les saintes chéries, scénarios de Nicole de Buron, réalisation de Jean Becker, diffusion de la série entre 1965 et 1971 sur l'ORTF.

Cerno, épisode 90, partie 1, podcast de Julien Cernobori, 2022.

Interview de Marie Cardinal dans *Radioscopie* émission de Jacques Chancel, 10 juillet 1975.

« Pour le meilleur et pour le pire », reportage de Gérard Chouchan, épisode de *Les femmes aussi*, 19 novembre 1964.

« L'histoire oubliée des femmes au foyer », documentaire de Michèle Dominici, 2022.

« Les femmes et le travail », reportage de Colette Gouvion, épisode de *16 millions de jeunes*, 7 juillet 1965.

« Est-ce un handicap d'être une femme ? » (première partie), émission du 6 mars 1982 de *Droit de réponse*, de Michel Polac.

Remerciements

Merci à Claire Alet et Hélène Pasquet qui ont cru en ce projet et l'ont accompagné avec attention et enthousiasme. Quelle chance de vous avoir à mes côtés !

À Dorothée Tardif et Anne Ponce qui ont rendu cette rencontre possible.

À Victoire Le Mat, pour son énergie, sa présence joyeuse et bienveillante

À Antoine Hazan qui a traqué sans relâche anglicismes et anacoluthes

À Juliette Faurel et Claire Pinlou, les premières lectrices.

À Mathieu Simonet, qui n'a cessé, durant des années, de croire quand je doutais.

À Marie-Aude Murail qui a su, par ses mots, relancer la machine quand elle s'était enrayée.

Au gang d'Étang-sur-Arroux, Mathieu, Anne-Sarah, Kim-Khahn et Marine. Evidemment à Anne Percin qui a rendu possible cette utopie d'une « maison pour écrire ». À Edith Traum qui porte si bien son nom puisqu'elle a contribué au rêve par son immense gentillesse.

Au docteur Michèle Lévy-Soussan et à tous les membres de l'unité mobile d'accompagnement et de soins palliatifs de l'hôpital de la Pitié-Salpêtrière qui m'ont accueillie durant ma résidence. À Lili Aquili qui m'a également guidée dans mes premiers pas à l'hôpital. À Félicia Laridon-Valentini et ses patients des ateliers du vendredi qui m'ont fait une place parmi eux.

Au Centre National du Livre qui m'a accordé une bourse pour écrire ce livre dans les meilleures conditions possibles.

Au personnel de la médiathèque de Noisy-le-Sec, et plus particulièrement à Soraya Mioudi-Lefebvre et Grégory Robet dont l'aide, pour mes recherches, a été précieuse.

Au personnel des Archives de Paris qui m'a aidée, avec une patience infinie, quand j'étais perdues entre cotes et cartons.

À Cassandre Huchon qui a éclairé mon voyage en Cardinalie.

À Fabrice Rozié, Claire Vassé, Geneviève-Blanche Neubig, Germaine Belot, les enseignants qui m'ont encouragée à écrire.

À Béatrix de Thiollaz, Gabriel Le Marec et Isabelle Bideau-Mallet qui savent tout ce que je leur dois.

À ma mère tout particulièrement, pour sa confiance et ses encouragements. Parce que, comme l'écrit Audre Lorde, « je suis le reflet de la poésie secrète de ma mère et de ses colères cachées ».

À mon père, mes sœurs et mon frère, l'ensemble de ma famille. Qui, une fois connu le sujet de mon livre, n'ont jamais cherché à interférer dans mon travail et qui, au contraire, m'ont rappelé que j'étais libre d'écrire.

À mon mari et mon fils. Merci de votre patience. Avec tout mon amour et toute ma gratitude.

De la même autrice

- *Le journal de Gaspard, 4 ans ¾*, illustrations de Zelda Zonk, Marabout, 2014.
- *Une année à Clichy, la ville qui rêvait qu'on l'oublie*, avec Bahar Makooi, Stock, 2015.
- *Du baby-blues à la dépression du post-partum*, avec Katia Denard, Marabout (enquête), 2015.
- *Guerrier non-violent*, avec Bahar Makooi et Yazid Kherfi, La Découverte, 2017.

Dans la même collection

- *Le Central,*
  Mikael Corre, avril 2023.
- *Mille Origines,*
  Charif Majdalani, avril 2023.
- *Quitter Téhéran,*
  Naïri Nahapétian, avril 2023.
- *Les endurants,*
  Carlos Manuel Àlvarez (traduit de l'Espagnol, Cuba, par Isabelle Lauze), septembre 2023.
- *Une mère étrangère,*
  Danièle Laufer, septembre 2023

le Révérend
IMPRIMEURS DEPUIS 1923
PARIS
en juin 2023
N° d'impression: 10162

Imprimé en France